庭守之犬

番犬は庭を守る

[日] 岩井俊二 · 著
果露怡 · 译

浙江出版联合集团
浙江文艺出版社

目录

目录

第一章　捕鲸

鲸鱼曾经是这个世界的燃料。那是在遥远的过去，人类还没开始用电的时代，世界还不像现在这样被污染。捕鲸人跑遍七大洋猎捕鲸鱼，接连把鱼叉射进四散的黑色背脊，绑上绳缆，用绞盘拉上甲板，再拿砍刀劈开表皮，把丰厚的皮下脂肪整个割光，最后抽出头部蓄积的鲸脑油。抹香鲸的油脂尤其好。没用的部位就全扔回海里，包括骨头内脏，还有肉。鲸肉也是多余的，只需要油脂。

如果就像那样只靠鲸鱼提供能源，真不知会怎么样。鲸鱼或许会灭绝吧。不过说不定能有办法把鲸鱼家畜化，更高效地采油。指不定还会出现鲸鱼设备、鲸鱼联合企业。烧鲸油的汽车、鲸油加油站、鲸油发电站，也许人类会进入这样的时代。还可以把白白扔掉的鲸肉啦骨头内脏啦粉碎，做成合成饲料，用鲸鱼喂饱鲸鱼。只要有契机，人类和科学就能朝任何方向突飞猛进。而我们这些小老百姓，总归会习以为常，不再抱有疑问。或许我们会理所当然地开着一种奇妙的汽车，打开引擎盖，里面饲养着一头低能耗的小型鲸鱼，只要保证喂食，就会不断生产能量。从前白扔的鲸肉也被利用起来，越来越多的人开始吃鲸肉，不仅有益健康，吃惯了还很美味，跟红酒也很配。随着鲸肉的需求增加，再想办法实现家畜鲸鱼的量产，等回过神来，全世界都美滋滋地吃上了鲸肉。当然，这种未来稍微想想都让人毛骨悚然，只是说有过这种可能性。不过可以肯定，哪怕人类真的走向这种未来，恐怕，也远比现在美好。

我是这么想的。

曾经，纳帕吉[1]的海里也有大量鲸鱼，国民自古就吃鲸肉。在人类放弃鲸鱼资源之后，他们也照样猎捕，照吃不误。吃鲸的野蛮民族，这就是当时纳帕吉人给人的印象。纳帕吉的西北方也有个自古靠捕鲸兴旺起来的村落，名叫阿尔米亚科特[2]。按照村子自古流传的文化，鲸鱼全身都是宝，不止肉和油脂，鲸须、骨头还有软骨，每个部位都有用，没有一点浪费。阿尔米亚科特人利用鲸鱼的一切，鲸鱼也是阿尔米亚科特人的一切。伊鸠萨姆·伊尔扎德是土生土长的阿尔米亚科特人，同样天生就是一辈子和鲸鱼打交道的捕鲸人。捕鲸界里，射出第一把鱼叉的炮手是最大的明星。伊鸠萨姆自幼就想当第一叉，整个少年时代只顾着在海滨玩叉鱼游戏。据说他很有一套，甚至能扔拖把打下飞翔的海鸥。他十三岁登上捕鲸船，先是在厨房洗盘子，后来当过鲸鱼肢解工、第二叉炮手，终于在十九岁成了第一叉，短短六年就出人头地。他的第一叉奇准无比，只要他站上炮台，就连全世界最大的海洋之王也不是对手。怎么逃也没用，他的鱼叉会贯穿起伏的波涛，命中黑色橡胶一样的背脊，直达心脏。伊鸠萨姆不需要第二叉，他精准的技术可谓出神入化。神童、神之子、鲸之子、鲸鱼专家、鲸神、鲸圣、鲸王，他的少年期和青年期享尽各种美名。人生的春天，充实到伊鸠萨姆自己也难以忘怀。

后来，伊鸠萨姆凭借高超的手腕被挖进了大型渔业公司。大企业的做法从规模上就不能比。人员乘坐巨大的船只远渡重洋，用声呐找出鲸鱼逼到海岸，射进鱼叉，不等鲸鱼断气就用锁链拉上甲板，活生生地开始分解巨大的身躯。甲板之大，能并排放下十头鲸鱼。脂肪和肉块流进巨大的集装箱，没用的内脏和骨头就扔进海里。伊鸠萨姆心想，真是太浪费了，这跟那些拿鲸鱼当燃料的有什么区别？可是不知不觉间，他也习惯了这种捕鲸方式，不再有一开始的疑问和不满。等回过神来，他已经放下鱼叉，安于联络总部和埋头拨算盘算账，成了中层干部。要有利可图，才会派船。能不能捕鲸，结果还是公司的经营状况说了算。人就是这样一点点老成起来，伊鸠萨姆也不例外。

再来说说伊鸠萨姆的女性关系吧。十八岁时，他有了第一个恋人，最后还跟这第一个对象结了婚。那是个小农场的独生女，性欲十分旺盛，两人只要有空就上床，没日没夜做个不停。女方是一心想着结婚的类型，只要同意结婚，外遇也好什么也好，都无所谓，这是她表的态。能同意外遇的女人哪里去找，就这样，伊鸠萨姆二十二岁时娶了她。可是，等结完婚才知道，这女人对伊鸠萨姆和鲸鱼都完全不感兴趣。伊鸠萨姆跟这个扫兴的老婆有四个孩子，生完第四个，两人就再没上过床。反正说好可以外遇，伊鸠萨姆就在各个港口养起了情妇。有一天，其中一个情妇直接给伊鸠萨姆老婆打电话，逼她离婚。结果老婆大发雷霆，简直判若两人，这才知道她根本就不同意外遇。岂止是不同意，她还穷凶极恶地威胁，敢再犯就要他的命。这下，伊鸠萨姆完全搞不懂女人了。总之，他必须跟各地养的女人通通分手，要不可能小命都保不住。伊鸠萨姆挨个跟情妇断绝了关系，唯独在阿玛哥伊斯那个实在太可爱，他怎么也舍不得。伊鸠萨姆甚至想过，干脆……把老婆杀了？可是，等他时隔多年再次造访阿玛哥伊斯，才发现那情妇已经死了。原来，她跟某个土木建筑工睡觉时，一个出租车司机闯进去，乱刀把她赤身裸体捅死了。所谓爱的纠葛，唉，真是无可奈何。虽然做着双手沾满鲸鱼血的工作，在陆地上杀人或者被杀还是让人害怕。看来是时候收手了，伊鸠萨姆终于决心退役。转眼他都五十岁有余，已经疲于任性的海上生活，还是跟着老婆在家当个农民吧。现在想来，他都没怎么顾过老婆孩子，从没尽到做父亲的义务，往后他想好好补偿家人。可以给院子种种草坪，修屋顶也没问题。和孩子们一起玩棒球也不错，虽然他从没打过什么棒球。他对游泳倒有自信，那就带孩子们去游泳池吧。不对，要游泳肯定是去海里，他想让孩子们看看那片无尽的汪洋。再教他们潜水，还有怎么用鱼叉。既然生了四个，怎么也该有个带天分的吧，伊鸠萨姆心想，就让他来继承我，我会把他好好调教成独当一面的捕鲸人。多生孩子就是好，一下子就让人充满盼头啊……伊鸠萨姆满怀期待，回到了久违的阿尔米亚科特。阔别多年的家，妻子的面孔让人怀念，孩子们也都长大了。可是，四个孩子全随了母亲，长相和身板都是典型的农耕民族，思想也极端保守，跟自由自在生活了大半辈子的伊鸠萨姆完全合不来。而且，这四个孩子都是无可救药的旱鸭子，甚至连旱鸭子都不如，几乎要算恐水症了。别说大海，他们连小河都不肯靠近，胆子也小得只有跳蚤大。哪用得着鲸鱼，光是看到鲶鱼都能把他们吓破胆。父亲在七大洋上的见闻也丝毫勾不起孩子们的兴趣。他们亲近外祖父，最喜欢摆弄土地，为稻穗上的小谷粒或喜或忧，勤勤恳恳。跟着这些孩子挖一辈子地，一起感谢小小的稻谷，似乎也不赖。于是，伊鸠萨姆就这么当起了农民。可他到底不是干农活的料，没办法，只好边把锄头当鱼叉扔，边寄希望于孙辈。后来，四个孩子先后结了婚，伊鸠萨姆期盼的孙子也挨个出生。孩子们很能吃，眼看着茁壮成长。可是呢，这些小孙子也一点不像伊鸠萨姆，而是跟四个父亲一样，异常保守，一步也不愿意踏出故乡阿尔米亚科特。这就罢了，他们连农活也不乐意干，直对父母说不想继承家业，每次都要闹到大吵一架。结果，孙辈们不听父母的劝，也不管伊鸠萨姆长年的期盼，一起去当了公务员。

终于，伊鸠萨姆也老了，他不再瞎抱幻想，越来越多的时间都在前院抽着烟发呆。有一天，伊鸠萨姆忽然有了疑问。说到底，这些儿孙究竟是不是他的种？要不怎么丝毫都没遗传到自己？仔细想想，妻子本来性欲就旺盛，而他又长年出海不在家，要想外遇多的是机会。可他再也没法质问妻子真相，她已经得了阿尔茨海默病，最后再一感冒，病情恶化，干干脆脆就撒手人寰。

孙子们又像老鼠似的生了一堆曾孙，曾孙又都向往着首都欧约克特[3]，齐声说要离开乡下去城里住。能憧憬未知的土地是好事，我这个老头子曾经也在七大洋上啊——伊鸠萨姆滔滔不绝地讲起了自己的英勇事迹。然而，在这些曾孙眼里，伊鸠萨姆简直就是个野蛮的原始人。

太可怕了，居然杀鲸鱼！

虽然知道过去有这种事，没想到……竟然是自家人！

曾祖父，你怎么下得了手？

伊鸠萨姆拼命解释富含脂肪的鲸鱼有多好吃，曾孙们却不约而同地皱起了眉。

好吃？我的天，这老头儿竟然吃鲸鱼！

没多久，曾孙们甚至对海豚也起了疑心。既然曾祖父连鲸鱼都吃，肯定也吃过海豚。

怎么可能，谁会吃那么可爱的动物啊。它们经常快活地在船边戏水呢。

伊鸠萨姆急忙为自己辩护，可其实呢，他最喜欢吃海豚了。身子骨还硬朗时，一听说要围捕海豚，他比干什么都积极，就为了分一杯羹。可是眼下的时代，这种事连说都不敢说。

后来，村子边上建起了大型核电站。当地的渔民们发起抗议活动，说会有放射性污染，以后海里就没鱼了。伊鸠萨姆一听，心想这怎么行，也开始参加示威游行。虽然经历了长时间的抗争，结果政府和电力公司还是硬上了项目。伊鸠萨姆的农场也被征收，儿孙们拿着赔款先后搬走了。伊璐格·伊尔扎德就是这族中的一员。

伊璐格·伊尔扎德自幼就是个胆小怕事的姑娘，就连去隔壁镇上买个东西，都会害怕到想哭鼻子。她和父母在首都欧约克特一起生活了一段时间，经常因为生病让父母担心。到她读高中时，双亲却相继因病过世了。伊璐格辍学去一家卖材料的小公司当了会计。她在公司里不跟人说话，回到家里也只有自己一个。孤独的生活让伊璐格既放心又不安，就这样勉强度日。不过她到底正值妙龄，渐渐萌生了对普通生活的向往。幸福的恋情，幸福的家庭。少女做着美梦，在纳诺休[4]海滩游荡，急着和路上遇到的男人睡了觉，结果怀上身孕，最后却被甩了。对方留的住址和电话号码都是假的，她从开始就被骗了。一往情深却被无情践踏，一下子让伊璐格对人生失去了希望。

好想死。干脆，这就去死吧。

伊璐格乘上电车，来到了阿尔米亚科特。

阿尔米亚科特……

这是她祖先生活的村庄。据说过去这里没有核设施，人们都靠捕鲸为生。听母亲讲，曾祖父伊鸠萨姆曾经是个捕鲸高手，一叉就能放倒鲸鱼。后来，这里建起了核电站，渔民都走了，如今核反应堆也已经废弃。相比首都欧约克特，眼前的景象就仿佛被遗忘的死城。为什么会选择回到这里呢？或许是烙印在伊璐格基因里的思乡之情吧。肯定连伊璐格自己都没意识到，在生命的最后，遗传基因被激活了。

伊璐格抚摸着隆起的肚皮，独自漫步在马哈拉[5]海岸，眺望着肃杀的风景。开始是扑面的压抑情绪，不过，感受着腹中孩子的胎动，她渐渐体会到一种无法言喻的强劲气息。

这里啊，是你的故乡。

碧海、长风，还有腹中的胎儿，似乎在这样对她呢喃。

好，还寻什么死，我要在这里活下去。

伊璐格决心再也不回欧约克特，就留在阿尔米亚科特打拼。她在这里很交好运，或者可以说是老天眷顾吧。她投宿的汽车旅馆正好贴着招聘广告，结果一去面试就被录用了。于是伊璐格当起了住宿工，以女人的一己之力，抚养起刚出生的女儿。她的女儿艾卡特非常乖，再怎么寂寞也很少哭闹，晚上也极少吵到客人，旅馆里基本没人抱怨。不过婴儿到底会哭，这种时候，伊璐格就会背着孩子在夜幕下的高速公路散步。地平线上，废弃的核反应堆沐浴着月光，让她仿佛行走在另一颗行星。有的夜里，不安突如其来，伊璐格会抱紧艾卡特，独自哭泣。

一天，伊璐格忽然想起曾祖父，就查了他的住处。伊鸠萨姆这个曾经驰骋七大洋的第一叉，如今住在阿尔米亚科特西边的养老院里。伊璐格介绍道，我是你的曾孙女伊璐格，这是玄孙女艾卡特。伊鸠萨姆听了泪如泉涌，把一只信封交给了伊璐格。伊璐格还指望里面装着支票，结果是封遗书。上面交代，等他死了，就把骨灰撒进大海。

伊璐格一口答应下来，结果却没能兑现承诺。在女儿艾卡特刚满五岁的某个和煦春日，其中一个废弃的核反应堆爆炸了。这种事在纳帕吉已经见惯不惊，八年前在伊卡泽维夏克[6]，十五年前在亚克亚玛弗[7]，也发生过同样的爆炸事故。这个国家差不多有六十座核电站，虽然很早之前就已经全部废弃，不过随着设备老化，加之草率的管理体制，地下沉睡的核废料不时会突破临界发生爆炸。每次出事，爆炸中心和周边就会划为管制区，人们只能抛家弃业，背井离乡。鲸鱼村阿尔米亚科特，也因为临界事故被毁了。假如人类一直拿鲸鱼当燃料，这座村庄是否就能免于毁灭？这种事谁也说不清。伊鸠萨姆和其他老人一起，坐着轮椅转移到了避难所。恶劣的环境下，伊鸠萨姆逐渐衰弱，和好几个老人一起死了，遗体也被火化。阿尔米亚科特郊外的公共墓地里修建了纪念碑，直到今天，还能在上面找到伊鸠萨姆·伊尔扎德的名字。这个曾经纵横七大洋的第一叉，现在和其他死者的骸骨一起，长眠于此。他的骨灰没能撒进大海。

伊璐格没能实现和伊鸠萨姆的约定，她带着幼女逃离阿尔米亚科特，搬到了最北端的阿玛西姆。不过，这里也并非安居之地，而是以核设施出名的城镇。阿玛西姆的核设施相对而言算新的，可是再怎么新也有近六十年历史，而且二十年前已经被废弃。但事到如今就别挑剔了。病从心生，这是伊璐格的口头禅。

阿玛西姆是个宁静的小地方，春天油菜花开了非常美。种这些油菜是为了吸收地下潜藏的放射性物质。伊璐格靠帮农户干活维持生计，收入虽少，但能分到卖相不好的白薯或者蔬菜，至少不担心没饭吃。女儿艾卡特性格好强，胜似男孩。伊璐格心想，说不定她是继承了祖先捕鲸人的血脉。艾卡特满十六岁就在旅馆当起清洁工，晚上还有酒馆的工作。挣到的钱一半补贴家计，剩下的都存了起来。她虽值妙龄，却不交男朋友。等到了二十岁，艾卡特也不结婚就先怀起了孩子。精子是在精子银行买的，据说品质虽好但属于贱种。卵子是用她自己的，可是怀上四回都流了产。这时，艾卡特最担心的情况发生了。并发症让她患上了白血病。和艾卡特一样，在阿尔米亚科特遭受过核辐射的那些同龄人，很多都死于白血病，她无疑也无数次想象过这种噩梦般的未来。她之所以不交朋友、不谈恋爱、不找伴侣，只顾埋头工作，其实也是出于这层顾虑。艾卡特成功接受第五次人工授精，这回总算支撑到了产期。然而，眼看快要临产，她的病情却突然恶化，就这么断了气。但在遗体的肚子里，她的儿子还活着。尚未成熟的胎儿从母亲子宫里被取出，艾卡特竭力在最后一刻实现了生命的交棒。就这样，乌玛索·伊尔扎德降生了。伊璐格外祖母抱回了乌玛索，她是过来人，独自养活孩子不在话下。在这位坚韧外祖母的抚育下，乌玛索茁壮成长——直到某种程度。

注：

1. 纳帕吉（Napaj），日本（Japan）的反写。——译注，下同。
2. 阿尔米亚科特（Arumiakot），影射日本首次发生核辐射致死事故的东海村（Tokaimura）。
3. 欧约克特（Oykot），影射东京（Tokyo）。
4. 纳诺休（Nanoshu），取自神奈川县相模湾沿岸的湘南（Shounan）。
5. 马哈拉（Mahara），取自宫城县荒浜（Arahama）渔港。
6. 伊卡泽维夏克（Ikazauishaku），影射曾于2007年地震中发生事故的柏崎（Kashiwazaki）刈羽核电厂。
7. 亚克亚玛弗（Akoamafu），影射曾于2009年发生核泄漏事故的滨冈（Hamaoka）核电厂。

第二章　撒尿小童

孩提时代，乌玛索是《好小子》的忠实观众。那是部极受小孩子喜爱的动画片。乌玛索还不懂现实和动画的区别，打心眼里想在将来成为真正的好小子。后来，他也有了常识，知道动画是虚构的。乌玛索的梦想从“成为好小子”，变为了“成为好小子那样的强人”。他开始去附近的空手道道场练习，一天不落地坚持仰卧起坐、俯卧撑和深蹲。

那段时期，乌玛索只承认强者，只仰慕强者。可以说，他的世界里没有弱者这种东西存在。《好小子》的狂热褪去之后，下一个迷住乌玛索的是赛萨克·耶鲁克，一位实战格斗派的职业摔跤选手，也是前奥运会柔道项目金牌得主。在一系列风光历程后，他拼进了职业摔跤界。职业摔跤讲求表演，绝不是动真格的实战格斗，一旦受伤就要丢饭碗。可是，这位赛萨克·耶鲁克下手却从不留情，接连把好些同行送进了医院。确实，人人都承认他厉害。可是从成年人的角度，却没法理解他为何要下这种狠手。厉不厉害是其次，大家甚至开始怀疑他脑子有问题。可是乌玛索不懂大人那一套，对他来说，赛萨克·耶鲁克是绝对的英雄。

赛萨克·耶鲁克把对手扔出擂台，仰天长啸。电视前的乌玛索也激动不已，大吼起来。

好样的！赛萨克！赛萨克！你是天下第一！

后来，乌玛索自己也小有了本事。在伊洛莫亚[1]州的小学空手道锦标赛上，他获得了团体比赛亚军、个人赛第三名的成绩。外祖母十分替他高兴，乌玛索却并不满意。在他看来，拿第一才是成为强者的先决条件。伊鸠萨姆要是还活着，肯定会喜极而泣吧。第一叉的遗传基因跨越时间，传承给了乌玛索。对比留下来的照片，这两人确实说得上几分神似。遗憾的是，比较二人的人生，却找不出任何共通之处。

好了，乌玛索升上初中，加入了空手道社团。不过，他的身体发育比同龄人缓慢，虽说曾经拿过个人赛第三，在茁壮成长的同伴面前，却渐渐没了招架之力。伊璐格外祖母鼓励他说，别急，你很快也会壮实起来。可是乌玛索已经完全丧失自信，没多久就几乎不去社团露脸，沦落成了幽灵社员。

这一时期，乌玛索爱上了同班的艾丽卡·乌拉萨姆。她是个短跑选手，乌玛索从没见她输过。光是这就值得为艾丽卡献上初恋，同时这也是他初恋的唯一理由。

只要有艾丽卡的比赛，乌玛索一定会去观战。每当她撞线冲过终点，乌玛索的欢呼比谁都热烈。

太棒了！艾丽卡！你是最强的！

没多久，他就再也无法抑制这种感情。

我想跟她交往！

乌玛索是死脑筋，心想既然如此就只能正面上了。正所谓年少轻狂，那天，乌玛索叫住了放学回家的艾丽卡。

那个，我喜欢你。

艾丽卡没理会乌玛索，径直从他跟前走了过去。乌玛索快步追上，拦在她面前。

喂，你就跟我交往吧。

艾丽卡从他胳膊底下钻了过去。

喂！

乌玛索大叫起来。艾丽卡听了撒腿就跑。

喂，你倒是说话啊！

乌玛索边叫边追，可是完全追不上。最后，乌玛索筋疲力尽地趴倒在地。艾丽卡看着他趴在地上的熊样，抛下了一句话。

等你能跑赢我再来吧。

从这一刻起，乌玛索有了人生目标。赢过艾丽卡，这是多么甜美的目标啊。美妙到光是想一想，就忍不住原地跳上五分钟才能平复。从这天起，乌玛索开始锻炼身体。虽然第一天因为练得太猛拉伤肌肉，整整休养了一个月，不过之后的锻炼他都充满毅力地顺利坚持下来，半年就达到了能跟艾丽卡一较高下的水平。乌玛索不希望艾丽卡手下留情，一心想着怎么才能跟她堂堂正正地较量。就这么夜复一夜地妄想着，乌玛索有了个异想天开的挑战计划。

一天傍晚，艾丽卡结束社团活动之后，乌玛索一路跟踪，来到了她家附近没人的林荫路。

就是这里……

乌玛索从口袋里拿出面罩戴在脸上，接着就冲艾丽卡跑去。艾丽卡回过头，自然是大吃一惊，自然发挥起天生的跑步优势。暮色中的林荫路上，二人展开了激烈追逐。艾丽卡中途一扔书包，书包角直接砸中了乌玛索的鼻子。不过乌玛索并没减速，这半年的锻炼成效斐然。

就在二人即将并排的刹那，艾丽卡突然一个急停，转身就往反方向跑。

艾丽卡！

乌玛索大叫。艾丽卡回过头来。

是我啊，是我。

乌玛索摘下面罩，露出大汗淋漓的脸。沉醉于胜利的少年，满是爽朗的笑容。

你是谁？

是我啊。

……

艾丽卡完全忘了乌玛索，当然也包括半年前的约定。不过她到底有运动精神，或者也可能是被劈头盖脸的告白打动，总之她答应跟乌玛索交往。

约会几次之后，两人开始物色起幽会场所。必须是一个没人会来的安全密室，好让二人能随时独处，共度甜蜜的时光……他们选中了星期天的体育器械仓库。

二人在那里初尝禁果。艾丽卡就像在更衣室里换运动服一般，利落地脱下衣服扔到一边，赤条条地躺到了垫子上。乌玛索战战兢兢地脱光了，在她身边躺下来。两人接吻、拥抱，接着艾丽卡套弄起乌玛索的阴茎。

哎呀，你这就勃起了？

咦？嗯……

你这根，我不行。

呃……什么意思？什么不行？

没关系，你年纪还小。

艾丽卡稍微用力撸了撸乌玛索的性器。

唔唔。

乌玛索蹲在垫子上，立刻就射精了。艾丽卡用手帕擦着射到胸口的精液，这样说道：

将来会变大的。

乌玛索仍然蹲着，射精后止不住地痉挛。艾丽卡已经开始穿衣服了。乌玛索颤声问：

那你会等我吗？

等？我才不会等。要是你那根能长得足够大，我会考虑的。

乌玛索又有了一大课题。

长得……足够大？

这是一个男性精子严重减少，而且质量急剧下降的时代。很不幸，乌玛索的思春期就萌芽于时代的漩涡之中。显微镜下，他的精液里只有扁瘪的畸形精子在慢吞吞地游动。如今，拥有优良精子的男性可谓凤毛麟角，这种人被称为“种马”，民间的精子银行会高价收购他们的精子。得名“种马”的这些人，光靠贩卖精子就能腰缠万贯，所以他们也被叫作“种马暴发户”。

污染物质在胚胎发育阶段就会污染胎儿。哪怕成功受精，只要在子宫中被污染，结果就会生出没有生殖能力的男性。可是刚生下来谁也看不出来，要想判断必须等第二性征开始发育，也就是下面长了毛、性器日渐壮硕之后。能够日渐壮硕的少年是幸运的，他们会把自己的精子擦到载玻片上，用显微镜观察。等看到密密麻麻的小蝌蚪精神地游来游去，哪怕害臊，他们也会向家人报告，说小蝌蚪游得很欢哦。父母听了，肯定会立刻把爱子带到精子银行吧。一旦通过优良精子的认定，也就是所谓“种马”的认定，这家子就会一夜暴富，足够他们享乐一辈子。不过，这种孩子极其罕见。

载玻片上的精子毫无活力的那些少年，则会迎来平凡的人生。能平凡地结婚，也能拥有孩子。只是必须去精子银行买优良的精子而已。正因如此，他们不时会被称为“Safer”（安全者）“Rubberless”（不用套），也就是做爱时不用戴保险套的男性总称。绝大多数女性也都是和这些“Safer”结婚。还有些孩子发育比“Safer”更差，这些不幸的孩子进入第二性征发育期也没有任何变化，就这样波澜不惊地度过了青春期。生殖器发育不良，阴茎成长不足，这种症状被市井称为“撒尿小童”。如果遇上像孩童一样尚未成熟的阴茎，女性会大失所望，嘟囔一句，什么啊，原来是撒尿小童。

乌玛索那根被艾丽卡称为“年纪还小”的阴茎，过了多少年也没变大。等成年之后，还是只有那一丁点。乌玛索就是“撒尿小童”。和艾丽卡的恋情，连雪耻的机会都没有，就这样不声不响地闭了幕。

注：

1. 伊洛莫亚（Iromoa），影射建有核废料再处理工厂的青森（Aomori）。

第三章　门卫

高中毕业之后，撒尿小童乌玛索在警卫安保公司找了个工作。他最开始被分配到一家制药公司的工厂，负责看守西侧的侧门。跟他一起守门的欧普·拉格特是个老手。

乌玛索第一天去上班，前辈欧普已经在换制服。

初次见面……

乌玛索有些紧张地打了招呼。

新来的?

欧普问。

是的。我叫乌玛索·伊尔扎德，请多关照。

我是欧普·拉格特，你要叫我欧普先生。多关照。对了，总部让你几点到岗?

七点。

明天开始提前一刻钟来。

是说……六点四十五分吗?

没错。你有意见?

不，没有。我知道了。

乌玛索慌忙立正。没想到欧普爽朗一笑，拍了拍乌玛索的肩膀。

别这么紧张。放心吧，我不是故意要找新人的茬。最近啊，第一班运输车七点刚过就会到。你换好衣服就出来吧，车已经快到了。

欧普说得没错，不一会儿就开来一辆卡车。司机下车，签着资料办起入厂手续。乌玛索趁机往车里一瞅，结果大吃一惊。车里是打着响鼻的生猪。往制药公司运猪干吗，送到食堂的厨房吗？乌玛索目送卡车开进工厂，向欧普打听起来。

那是要干吗？那些是猪吧。

那可不是香肠的原料。那些猪的DNA都动过，是制药用的。

嚯，还能用来制药啊。猪的用途真的很广呢，了不起。

别管猪了，好好工作。

乌玛索回过头，只见欧普一脸严厉，接着指向侧门某处。

站过去，那儿是你的岗位。

乌玛索慌忙就位。

周围还很安静。道路对面的公寓走出三三两两的工人，没有任何人说话，只有石板路上的脚步声在回荡。不知是从哪里，隐约能听到鸟叫。

不过，等到了七点五十，几百号工人一下子涌到了侧门。工人进门时，门卫必须挨个检查他们的随身物品。伴随八点半的铃声，早晨的这项仪式才算结束。对第一天上班的乌玛索来说，这四十分钟就像一场风暴。难得穿上崭新的制服，这下全都是汗。

把工人全送进去之后，接着到来的是截然不同的寂静和沉闷。

乌玛索站在门前。趁来了新人，欧普在门卫室里鞋也不脱就把脚往桌上一放，埋头看起了报纸。乌玛索耐不住沉默，向欧普搭起话。

像这样光是站着，还挺不容易啊……

你小子，第一天上班就敢没大没小吗？闭上嘴好好站岗！

乌玛索丧了气，一下子不安起来。跟着这么个可怕的门卫，真不知做不做得下去啊……

怎么了？别太泄气，很快你就会习惯了。

乌玛索心想着是不是不准回话，就没吭声。

喂，你听到没？听到了至少搭个腔吧。

啊，听到了。

我在跟你说，很快就会适应。

这样啊。

刚才是跟你开玩笑，没说不准开口。我还巴不得有人可以聊天呢。

这样啊。

说点什么。

啊？

别总让我一个人说。

是啊……

说啊，怎么？你不爱说话？

先不论爱不爱说话，跟不同辈的陌生人交谈本身就很难。该说什么好呢，完全没有话题。加上对方还一个劲地催促，本来能想到的话题也会想不起来。乌玛索拼命组织着语言。

请问，欧普先生……您呢？这份工作，您用了多久适应？

用了多久吗？唔……

欧普只是一嘟囔，结果也没回话。

乌玛索默默站了一会儿，可立刻又浑身不自在起来。唉，真难受。真无聊，快无聊死了。可是他已经没有勇气跟欧普搭话，只好抬头望天。

头上，漫天白茫茫的云。

唉，无聊，真无聊。还能有比门卫更无聊的工作吗。简直就是拷问，浪费时间到极致。为什么要像这样，让有限的人生傻站着度过？人类就是要动才叫人类，不动就没有意义。我是人类，从生物学的角度讲，是动物，不是植物。不会动的人类那叫植物人，脑死亡状态。脑死到底算不算死了呢？乌玛索自暴自弃地胡思乱想起来。说话，是语言和思考的循环，绝不能让它戛然而止。否则随之而来的就是沉闷，还有睡魔。

植物，植物，植物。植物怎么就不会无聊，是因为它们什么都看不见吗？是因为它们什么都听不到吗？不过它们真的什么都看不见、什么都听不到吗？它们连自己是谁都不知道吗？这些也只能去问植物才有答案吧。

如果我是植物，会怎么想呢？

我是一棵树。

生长在制药公司门口的一棵银杏树。

门卫树。

树的心思，树在想些什么？

现在，我像这样背对门站着。不过换成树木，会有背和肚子、前面和后面这种概念吗？还是说，它们随时都有三百六十度的全方位感受？所以它们才不会无聊吗？三百六十度的感觉，全方位的感觉。原来如此，我多少能体会树木的感受了。

乌玛索感受着云间漏出的阳光，闭上眼睛，尝试去做一棵树。想着想着，他就舒服得睡着了。脚下一软，他才惊醒过来。

好险，好险。

乌玛索揉揉眼。

好险，好险，工作，工作。门卫的工作。门卫的工作就是一直站着。对了，我在想什么来着？哦，是植物。就从植物继续吧。

不过啊，说起来植物还真是不可思议。总感觉很神奇，就……怎么说呢。想不出来啊。具体怎么个神奇法，又说不上来。那，到底有没有哪里不可思议呢？似乎也没有。那就来说说花吧。花有什么神奇吗？花有红色有黄色呢。好像也没什么稀奇。不对，先等等，这就很不可思议啊，花为什么有红色有黄色呢？啊，这我知道，是为了吸引虫子。原来花知道虫子喜欢什么颜色啊……什么？花知道虫子喜欢的颜色？植物竟然明白虫子的心思吗？而且它们连眼睛都没有，怎么能分辨颜色？红色黄色，蓝色紫色……还有绿色。

乌玛索脚下一软，又惊醒过来。

好险，好险。

就这样反复了好几次，终于慢吞吞地挨到了午休。总之，必须想办法赶走睡魔。乌玛索吃过午饭，趴在门卫室的桌子上打算午睡。可不知怎么的，这时却毫无睡意。欧普给他冲了杯浓缩咖啡提神。

暂时先忍忍。最开始的一个月很难熬，我都以为已经干不下去了，真的是认真在考虑转行。不过我想吧，既然要辞职，还是凑个整数，就坚持干满了一年。哪知等过了一年，已经不觉得辛苦，结果这一干就是三十年。真是想不到啊。

请问有没有什么秘诀呢？

最好的办法就是不去花这种心思，慢慢地你就根本懒得去想了。一开始呢，时间确实慢得急人。到最近，每天都一晃就过去了。从前，下班之后我经常到处逛。现在呢，根本没有这种闲工夫。回家冲个澡吃个饭就睡觉，都算是极限了。最近啊，光是这样都开始力不从心。总感觉近来时钟真是走得飞快。

上了年纪就会这样呢，我家外祖母也这么说过。

老人家多大了？

今年八十二了。

到了这把岁数，估计天亮天黑感觉也就一个小时吧。

说不定是呢。

哈哈哈哈，没错吧！哈哈哈哈。

欧普一阵大笑，就这样又没了下文。

午休时间快结束时，欧普教给乌玛索一个办法。

去数窗格子，还挺能打发时间。

从乌玛索的位置，能看到道路对面的旧公寓，墙面已经老朽，到处都裂着缝。整个工作时间里，乌玛索想不看它都不行。我简直像是在监视这栋公寓，倒像是在给它守门，乌玛索心想。他是制药公司的门卫，可是从站岗的位置根本看不到制药公司。他是背对公司站着。来往的行人看到乌玛索，肯定会想他是制药公司的门卫吧。可是门卫所见的，却是对面的景色。从今往后，乌玛索必须一直看着这番景色。

感觉这是本末倒置啊。乌玛索忍不住脱口而出。

嗯？你说什么？

欧普问。

啊，没什么。

乌玛索遵照欧普的指示，数起公寓的窗框。

一、二、三、四、五、六、七、八、九、十、十一、十二、十三、十四、十五、十六……

等回过神来，他眼睛都闭上了。乌玛索连忙一个深呼吸，凝视起眼前的公寓。

你数下来是多少个？欧普说，总共应该有二百二十四个吧。

是……咦？

乌玛索急忙重数，确实是二百二十四个窗框。可是，数完就算完了，根本打发不了时间。欧普日复一日都这么数吗？我可做不到。总之这沉闷就是种拷问。虽然欧普也说了，最开始的一个月很难熬，可我多半连三天都坚持不了。乌玛索认真考虑起了转行。下次做什么工作好呢？这倒是消磨时间的好办法。不过想着想着又腻了，这次他在心里播放起玛侬·洛可的专辑，从第一支歌开始，按顺序来。这也是打发时间的好方法。玛侬·洛可是当时的当红歌手，不知是男是女，充满中性魅力。玛侬·洛可的歌，乌玛索早就听得烂熟于心，每一首都能在心里重现，甚至包括前奏和间奏。忠实再现玛依的出道专辑《梦魇》花了大约一个小时，然后进入第二张《冬季故事》。

就这样，乌玛索琢磨出一套循环。先在脑海里依次放玛依·洛可的专辑，完了就考虑转行，腻了就再放玛依·洛可。

眼前的公寓人进人出，透过窗户，他们的生活尽收眼底。这些活得微不足道的住户，竟和玛依·洛可有种奇妙的协调。三楼最边上的房间里，独自住着一位年轻姑娘。虽然她的房间总是拉着窗帘，没法一窥究竟，不过偶尔也会敞着窗。对乌玛索来说，这种日子就是他的幸运日。

她经常在房间里练习芭蕾。她的芭蕾很美，让乌玛索联想到玛依·洛可的《坏掉的时钟》。这首歌以肖邦的《雨滴》为蓝本，玛依·洛可进行了填词改编。乌玛索并不知道她实际是用什么曲子伴舞，不过，拿这首歌去配合她的舞姿，会有种出尘的庄严感。仿佛天使从天而降，来净化尘世的毒污，如此神圣。

乌玛索心想，这份工作说不定做得下去。人生就是这样，即便是如此些微的喜悦，也足够让人幸福。乌玛索擅自把她叫作“玛侬”，当然是取自玛侬·洛可。

几天之后，乌玛索下班回家的路上，在一家咖啡馆前停下了脚步。这一下，他的心脏都险些停跳——“玛侬”就坐在窗边的位置，出神地望着窗外，一边大口吃着炸鱼块。乌玛索立刻走进咖啡馆，自己也点了炸鱼块，在稍远处坐下来。他丝毫没想过搭讪，仅仅能跟“玛侬”在同一家咖啡馆里共进晚餐，就无比幸福了。“玛侬”吃完炸鱼块，一口气喝光咖啡，离开了咖啡馆。乌玛索一声长叹，也吃干净炸鱼块出了店，心想着要是时不时能有这种日子就好了。

回到家，伊璐格外祖母正坐在一旁，桌上已经摆好饭菜。回来得真晚啊，饭菜全都凉了。

乌玛索已经吃了一肚子炸鱼块，不过外祖母不喜欢他在外面吃过东西才回家，只好若无其事地扫光一桌饭菜。

工作如何？腿都抽筋了吧。

嗯。

洗个澡，按摩一下。

嗯。

乌玛索吃完饭就回了自己房间。他躺在床上，听起玛依·洛可的《坏掉的时钟》，对自己这样说道：

这份工作，好像做得下去。

第四章　精子银行

一天，乌玛索正在门卫室里吃午饭。一名年轻男子隔着窗户行了个礼，眼看就要进门。

喂！你的通行证！

刚从厕所回来的欧普叫住男子。

男子转过身，从口袋里摸出通行证亮给欧普。

在这上面登个记。

欧普把入厂人员登记册递给男子。男子边登记边聊起来。

听说没？明年开始育儿补贴法要修改了。每户每个孩子能多拿百分之二十呢。

是啊，报上看过了。光一个孩子，就等于我们的三倍工资。要能生三个，就是九倍。真是太郁闷了。欧普答道。

那有什么办法，新生儿太少了。你打算要孩子吗？

别逗，我才生不起。

哪儿的话，不试试怎么知道。说起来，种也有便宜的。男子说着打开了提包。欧普一脸讶异地看了眼登记册，男子那栏这样写着：

奥利弗精子银行 欧亚萨姆·伊奇洛夫

怎么，你是“卖种的”吗。

欧普的口气异常不快。男子从包里拿出目录。

现在最火的就是这款！“爱因斯坦 A25K”。

欧亚萨姆·伊奇洛夫翻开目录第一页，出现了阿尔伯特·爱因斯坦的插图。爱因斯坦正双手抓着大把鳗鱼一样活蹦乱跳的精子，精子圆溜溜的脑袋上写着“$E=mc^2$”。估计爱因斯坦连想都没想过自己死后会被这样利用。

欧亚萨姆说，这件商品是欧约克特大学毕业精英的精子。

反正很贵吧，欧普道。

这件呢，价格是稍微偏高……那你看这种的如何？虽然便宜但品质也不坏。

欧亚萨姆翻到下一页，配图是名胡子大汉正用钓竿钓起巨大的精子。男子宽广的胸膛上配着大大的

“海明威 B12K”字样。

欧亚萨姆说，这件商品本月稍微降了些价，正适合下手。你就买了吧，这可是为将来着想。反正先买下来放着也不会坏。

欧普摆摆手，说不需要。接着他又指着插图上的“B12K”问，这 12K 是指精子数吗？有一千两百万个？受精好像不太够用吧？

是一亿两千万个。不过说真的，其实数量不是问题，关键先要看品质。把品质最高的一个直接送进卵子。如何，你也来一个吧。

鬼才买。

总之，你先回家跟夫人商量商量。欧亚萨姆说着硬是把目录塞进欧普手里。

夫人做肝脏移植了吗？

没这钱……

现在猪很便宜啊，极品的“人猪”。

卖精子的连“人猪”也卖吗？

我们公司的卖点就是综合生殖服务，什么都干。

也只有什么都干，才能熬过眼下的萧条。所以说，如何？猪我给你便宜算。这回我们进的品种能提供上等肝脏，是阿瓦尼哥[1]种，可以贷款。你也知道吧，现在国会正在争论，要重定移植用家畜的品质标准。现在不买，以后价就越来越高了，贵到买不起也只是时间问题。还是要做的好，肝脏移植，对身体也有好处。明年开始，污染检查标准还要更严。接受污染检查了吗？等级是多少？

我老婆吗？已经死了，是子宫癌。

哎呀，这样啊……节哀。

只要有钱是能救回来的，真是让人生厌的时代。

没办法，去跟那些精神倍儿棒的老家伙抱怨吧。这颗美丽的星球，都是他们污染的。那，你呢，已经做过种马的检查了吗？

做了，去年。

如何？

不到七百万。

每毫升吗？那跟种马差得远啊。在哪儿做的

检查?

人类复兴精子银行。

哎呀呀，被敲竹杠了吧?

已经长记性了。

我们只要复兴的半价，甚至还要低，明年你来我们这儿吧。要不给你掺点儿水，算成一千万也行。

有什么区别?一千万的水平也卖不了钱啊。

这倒是……嘿，那位!

欧亚萨姆的矛头转向了门卫室里的乌玛索。

你是单身吗?

是。

种马检查呢?

乌玛索摇头。你还是去找更有钱的地方推销吧。乌玛索态度冷淡，欧亚萨姆脸皮也厚，不知打着什么算盘闯进了门卫室。

喂!

欧普的吼声也吓不倒欧亚萨姆，他走过去，摘掉了乌玛索的警帽。

你干吗?

哎呀，真是，没想到啊。这不是乌玛索吗。是我啊，欧亚萨姆。

欧亚萨姆?

你忘了？我们是一个中学的。

啊，你是欧亚萨姆！

乌玛索忍不住从椅子上站起身。

哎呀，真是你。真是欧亚萨姆，我都没认出来。

欧亚萨姆是他中学时代的同学，其实也没什么交情。此人虽然爽快爱交际，却总好像有些狡猾，不能完全信任。不过实在是太久不见，乌玛索完全忘了提防。

当天傍晚，乌玛索和欧亚萨姆一起吃饭庆祝了偶然的再会。老朋友们、陈年旧事、同学的近况，两人聊得火热。聊着聊着，欧亚萨姆提到了一个让人怀念的名字。

你还记得艾丽卡吗?

记得。

她啊，去年结婚了。

嚯。

她要怀孩子，我帮了些忙，给她弄了猪和精子。现在她正好在住院，准备移植猪肝脏。下回我去探病，你也一起来?

不了，我就算了。

为什么？她不是大众情人吗?

我跟你们不一样，而且人家都结婚了。

这倒是，啊哈哈哈。对了，跟你说，有个很赚的兼职，你干不干?

兼职?

没错。很简单的兼职，只需要借你的半身照一用就行。就这么简单。

什么跟什么啊。

捐精者的档案要用，有些捐献人不愿意露脸。

什么？该不会是给罪犯之类的精子用吧？太危险了。

怎么会。实话跟你说，卖剩的精子还不少，其中也有5K级别的。5K就是五千万个以上的精子，也就是说，哪怕实战也是能受精的。

不是说精子不够吗?

多着呢，其实。就算精子好学历高，要是缺了男子气概，客人也不会出手。比方说吧，秃子捐的精肯定卖不掉。不管“爱因斯坦”还是“达·芬奇”，客人首先要看的还是捐献者的脑袋。明知卖不掉，当然不会往档案上贴秃头的照片。

爱因斯坦和达·芬奇本来也是秃顶吧。

啊哈哈，这么一说还真是。可那些只是品名，又不可能真卖莱昂纳多·达·芬奇的精子。总之，大家都对秃子敬而远之。还有胖子，胖也不行。

欧亚萨姆从包里拿出档案，把各个捐献人的半身照一字排开。

你看，这些全是假的。都是好男人对吧?怎么抓住广大主妇的心，就是体现我们营业手腕的地方。

这是欺诈。被发现了怎么办。

完全就是欺诈，不过哪家银行都这么干。欺诈罪的时效最长就十年，合同的保证期限也是十年，过期不赔。孩子生下来才十年，秃不秃谁看得出来。这是完美犯罪。

嚯！

不过胖子就伤脑筋了，要知道胖子从小就胖，必然要出事。所以绝对不能碰胖子，这是业界的铁则。

真要是这样，胖子应该越来越少了。

你说对了，胖子马上就要绝迹了。

说不定整个人类都要灭绝了。照有个学者的说法，保守估计也就是这一百年内的事吧。

纳帕吉人灭绝得更快吧，毕竟这个国家污染这么重。

是啊……

总之我们这些卖种的必须加油啊。要加油再加油，让大家都生孩子才行。所以，乌玛索，你也为人类出份力吧。

虽然并不是为了人类，乌玛索还是出了份力。星期天，乌玛索被欧亚萨姆领到街上的小照相馆拍了照。

摄影师兼老板娘借给乌玛索衣服，帮他化了淡妆。欧亚萨姆对着镜子做起说明。

酬劳是佣金制，卖出去你就得百分之二。不过要先收一点点定金当营业手续费，没问题吧。然后这里拍照的费用你出。

什么？

这是规定。

可我没带钱。

什么？可恶……看在同学的分上，照相就算我的。不过营业手续费就一点不能少了。回头我会把资料给你送去，你填好拿给我，手续费可以到时候再付。

乌玛索拿了张冲印好的半身照当纪念，就回去了。

几天后，欧亚萨姆把资料送来了。其中有一张捐献人的半身照，是个不起眼的谢顶男子。另外还附带了欧亚萨姆的信。

……你的照片就是给这个捐献人用。他

是阿瓦尼哥的农民，精子活力强，质量很好。
你要把他的档案背得滚瓜烂熟。

乌玛索看起档案。上面完全没有阿瓦尼哥农民的字眼，而是让人瞠目的精英形象。

姓名：阿塔冈·纳兹特。
出生于伊洛莫亚州纳泽罗索[2]。
欧约克特大学毕业。
特长：游泳。

接下来整整几十页都是从出生至今的传记故事，也就是乌玛索必须要牢记的内容。信还没完。

……虽然原则上禁止买方跟捐献人接触，不过说不准会在哪里撞上。到时候，你就必须扮演这名男子。买家有时甚至会雇侦探去找捐献人，你要多留神。经常被问到的是出生地和毕业大学，不过也有人会拿父母或者兄弟的情况套话。这你不用担心，随信发来的档案跟买家拿到的完全一样，对方也不知道更多信息。还有，你要在家门口挂上捐献人的门牌。顾客一旦在街上看到捐献人，绝对会一路跟踪。不挂门牌会让人起疑，很多人看到门牌能对上就安心了。

你把必要的资料填好，这周内给我送来。别忘了手续费。回见。

欧亚萨姆

除此之外，还附有一页精子检查和DNA检查的数据表。上面罗列了精子浓度、运动率、遗传基因特征，还有常见疾病的发病率等等。对购买者而言，这些数据非常重要。脱发那一栏里写着“无风险”。不用说，其他肯定也有被篡改的地方。

可是，现在的父母，居然就靠着这种数据来选孩子，结果大家图的还是钱吧。这样一想，罪恶感就轻多了。乌玛索在自己的门牌下面贴上了陌生男子“阿塔冈·纳兹特”的名字。

后来，乌玛索对欧普说起这份兼职。他跟欧普已经成了无话不谈的好哥们儿。

这下我要大赚一笔了。

乌玛索有些得意。可欧普却泼了冷水。

你啊，是被骗了。这种手法太常见了。你被要了多少手续费?

咦?不是吧……

唉，傻小子。

乌玛索一下子担心起来，当晚就打电话给欧亚萨姆，告诉他这事还是算了。欧亚萨姆听了，不快地叹了口气。

就算你现在反悔，手续费也不能退。其他销售员也已经拿着你的照片做了不少工作。

果然是这种伎俩吗?

哪种伎俩。什么啊，别讲得这么难听。你的意思是我在骗你?

难道不是吗?

别激动，别激动。那好吧，手续费退你。这样总行吧?

能退当然是最好。

唉，知道了。我们好歹也是正经企业，不能碰有后患的商品。要是因为一点破事吃官司，往后就麻烦了。

不好意思了。

我啊，只是想让老朋友有个赚头而已。这么多年不见，从前班上的秀才居然在当门卫。这都不说了，其实我压根没想过你还留在这里，还以为你早就在欧约克特那种地方赚大钱了。怎么说呢，既是失望，也是同情吧。就你乌玛索·伊尔扎德，我是希望能有出息的。我也就这样，不知能帮上什么忙，但我是真的想帮你。结果你却这样。算了，就随你吧!

欧亚萨姆说完就挂了电话。欧亚萨姆明明没有恶意，我却单方面说他是骗子。乌玛索心里不是滋味，左思右想了差不多一个小时，又给欧亚萨姆去了电话。

那什么，是我不对，你别放在心上，我也是说得太过火了。因为守门的同事说，可能有鬼。

我也不该冲你吼，别让这种小事伤害我们学生时代的友情。也怪我多管闲事，今后不会再给你推荐了。不过啊，不是我为自己辩护，这的确是个好工作，一本万利啊。总之，往后你要是缺钱，随时跟我说。不过到时候你可得自己出钱照相。

你看，这事吧……乌玛索有些犹豫地说道，要不还是让我做吧，这份工作。

结果，乌玛索的半身照还是被归进了奥利弗精子银行的清单。

注：

1. 阿瓦尼哥（Awaniko），取自冲绳（Okinawa）。

2. 纳泽罗索（Nazeroso），取自日本三大灵场之一的恐山（Osorezan）。

第五章　蕾邦娜和阿莉娅姆

半年过去了，乌玛索照旧站在制药公司的工厂前。阿塔冈那个秃头的精子销路很差。欧亚萨姆不时会来电话，估计是想表示他在认真工作。就这样，欧亚萨姆边打消乌玛索的疑虑，边不着痕迹地一点一点拿他的钱。

现在不景气啊，不是简简单单就能卖出去的。说起来，这就快六个月了。如何？你要续约吗？忘了跟你说，每半年就必须续一次约，你把追加的手续费打过来。要是过了期限，再办手续会非常麻烦，你别耽误了。

乌玛索不情不愿还是打了款，心情别提有多糟糕。追加的手续费能赶上他守五天门的收入，等于做了五天白工。乌玛索郁闷了整整五天。等到下一周，好不容易心情好些了，一个午后，乌玛索在老位置上目睹了玛依的车祸。这天，不知玛依遇到什么好事，开心地跑出了公寓。

啊，危险！

下一刻，只听一记急刹，玛依的身体被撞到了白车的引擎盖上。摔在地上后，她想赶紧站起来，膝盖却折向了反方向。

哎呀呀，出事故了吗！

欧普大叫一声冲出门卫室。乌玛索正想过马路，却被欧普喝住。

喂！不准离岗！

换欧普打电话叫了警察。可以的话，乌玛索真想亲自去帮她，这下心里别提多遗憾。

她周围全是看热闹的人，不一会儿救护车来了，玛依被送进了医院。她肯定就这么住了院，第二天，第三天，都完全不见她回房间。周五傍晚，乌玛索下班后装作磨磨蹭蹭在换衣服，等欧普先回去后，他锁上门卫室，穿过马路，进了公寓。他一口气跑上三楼，毫不犹豫地直奔走道尽头。尽头角落就是玛依的房间，门上着锁，门牌号是312，房门缝隙里塞满了邮件和传单。乌玛索挨个查看起来，弄清了她的名字叫蕾邦娜·阿涅雷德。蕾邦娜，多美的名字啊。乌玛索心想。

周六是休息日，乌玛索去了她住的医院找她。这条街上，有救护车出入的医院只有一家，要找到她轻而易举。乌玛索来到外科住院楼的护士站，问蕾邦娜·阿涅雷德是不是住这儿，护士告诉他在206号病房。打开206的房门一看，这是间六人病房，床都拉着帘子。病床上有患者的姓名牌，乌玛索在最靠里的床上找到了蕾邦娜的名字。拉开帘子，蕾邦娜就躺在床上。乌玛索犹豫了，接下来该怎么做，见到她该说些什么好？

比如，初次见面，我叫乌玛索·伊尔扎德，在你公寓对面的制药公司工作。你伤势如何？

你是谁？

我吗？都说了我是……门卫……那天，目睹了你的事故，我一直很担心。

所以你到底是谁？

呃，都说了我是乌玛索·伊尔扎德啊……在你公寓对面的制药公司看门，那天看到你出事，一直放不下心……

蕾邦娜会依然一脸困惑地盯着乌玛索，乌玛索则会后悔不该鲁莽行事。看来还是打道回府的好。认都不认识的男人突然来探病，还一副老熟人的样子套近乎，说什么一直在担心你。换谁都会纳闷，这家伙到底是谁？这也太尴尬了。最后乌玛索打消掉见她的念头，离开了医院。可他也不想就这么回家，就在街上溜达起来。走着走着，脚就擅自转向了制药公司的方向。也就是说，她公寓的方向。

制药公司周六周日休息，正门都关了，门卫室里也没人。不过乌玛索还是在周围转来转去，确认的确没人之后，才穿过马路，闯入蕾邦娜的公寓。他的脚步就像去朋友家玩耍一样轻松，可是心脏却狂跳到作痛。走进公寓入口之后，乌玛索直奔蕾邦娜的房间。门锁着，不过钥匙让乌玛索给找到了。她在房门的姓名牌后面藏了备用钥匙。乌玛索用这把钥匙入侵了蕾邦娜的房间。

整个房间里，全是蕾邦娜本人少女时代的照片。在聚光灯下起舞的歌剧女主角蕾邦娜，抱满花束一脸灿烂的蕾邦娜，哭泣的蕾邦娜。一种说不出的难过油然而生，乌玛索擅自躺到她的床上，闻起她的气味。下体开始蠢蠢欲动，伸手一摸，已经小小地膨胀起来。然而，只是小小的。这一摸很舒服，继续摆弄一阵，睡意来袭，他就这么睡着了。似乎有什么人在说话，乌玛索醒了。好像是女人的声音，乌玛索猛地坐起来。房间里静悄悄的。是做梦吗？窗外的天空已经染红，必须回去了。角落里有红灯在闪烁，是留言电话的信号。乌玛索按下按钮，响起了女性的说话声，说不定就是他刚才听到的声音。

……我是伊卡索尼芙芭蕾舞团的奥尔多。多次致电您都不在家，恕我只好留言。之前的面试，您合格了。接下来必须办理入学手续，请您在今天之内联系协会事务所。请注意，如果今天未能联络，将取消资格。还请尽快答复。

我能帮她做点什么呢，乌玛索想。如果问她呢？问她我能为你做些什么。她肯定会这样回答吧：总之你先从我房间出去。说得没错，就这么办。再见了，蕾邦娜。乌玛索离开了房间，但总有些不甘心。我真的一点忙都帮不上吗？乌玛索考虑了一整晚，第二天早上，他拨通伊卡索尼芙芭蕾舞团的电话，找到了奥尔多。

您好，有人托我来联系您……是面试的事。她叫蕾邦娜·阿涅雷德，因为车祸住院了。那个……所以她没能联系您。

哎呀，这可真是。原来如此啊，真可怜。

所以说，虽然办理期限可能已经过了，您看能通融一下吗？

这就很难了，名额已经满了。不过我会跟指导老师们报告一声。

感激不尽。

她多久能恢复？

咦？这……我就不太清楚了。

她伤势有多重？

被奥尔多这么一问，乌玛索才想，说起来，她到底伤得多重？总之他先这样告诉了奥尔多：

没什么大问题。

这样啊。感谢你专程联络，也代我向她问好。

好的，多谢。

虽然他知道是多管闲事，可无论如何还是想帮蕾邦娜一把。乌玛索在花店买了花，又去了医院。他把花交给护士，趁机打听了蕾邦娜的伤势。虽然不至于坐轮椅，不过拐杖恐怕是免不了吧，护士这样说道。

没法跳芭蕾了。

护士肯定听蕾邦娜说了芭蕾的事。这下子，她的梦想彻底破灭了。

下一次再见到蕾邦娜，是在三个月之后。她拄着拐杖，怎么看也不像是能重新跳舞的样子。

又过了一个月，她可以放开拐杖了，可是走路会一瘸一拐。乌玛索开始每天注视蕾邦娜踉踉跄跄的模样，看她穿着长裙一步一晃，只怕她踩到裙摆。乌玛索一直在观察她。每天，蕾邦娜除了下来买一次东西，几乎闭门不出。不知她是怎么挤出的生活费，是找到了什么副业吗？还是只能吃存款度日呢？乌玛索打心底里替她担心。干脆，直接上门去跟她求婚吧。请跟我结婚。不行，她不会同意的。就我这根老二，怎么结得了婚。乌玛索怎么都放不下，于是开始悄悄往她的信箱里塞些小钱。虽然他也囊中羞涩，给不了太大援助，但还是希望这些钱能让她稍微好过一点。实际看来，乌玛索的援助确实不大。没多久，从白天就开始有不同男人进出她的房间。去她房间的男人基本两个小时就会离开，看起来一脸畅快。有时也有人面带愧疚。

一天，乌玛索下班回家，碰巧遇到蕾邦娜坐在路边吃三明治。好些猫围着她，蕾邦娜正把三明治的碎屑撒给它们。乌玛索正要从她身边走过的瞬间，二人四目相对了。蕾邦娜冲乌玛索微微一笑，站起身来。乌玛索别开脸正想走，却被蕾邦娜拉住手腕。

你是门卫吧？制药公司的。

乌玛索的心跳都要停止了，他丝毫没想过蕾邦娜会认得他。他知道自己的手在发抖，脸也眼看着一点点涨红。

你，有空吗？

啊，抱歉，我还有急事。

乌玛索反抓住蕾邦娜的手，想让她放开自己的手腕。她的手和指头冰冷到让人心痛。蕾邦娜却让他等一等，接着从口袋里掏出纸笔写了什么，塞到乌玛索手里。乌玛索一言不发快步走开，等转过街角看不到蕾邦娜了，才打开纸条。上面是蕾邦娜的电话号码。她就是这样给过路的男人散发自己的电话吗。乌玛索用颤抖的手指把纸条对折两下，收进了口袋。

回到家，伊璐格正在做晚饭。

工作如何？腿都抽筋了吧。

嗯。

洗个澡，按摩一下。

嗯。

乌玛索吃完饭，洗过澡，回到自己房间，在床上揉起脚。揉了一会儿，乌玛索注意到挂在椅子上的裤子耷拉下来。他站起来，叹着气拿过裤子重新叠好，把裤兜里的钱包和钥匙放到桌上。混在里面的一张纸条吸引了乌玛索的视线，他展开来一看。这一连串的动作全都是蹩脚的演技，只为了去偶然发现一张纸条。人类连自己都会欺骗，因为有时只能这样，才不至于羞愧难当。就这样，乌玛索纯属偶然地打开了蕾邦娜的便条。

这是什么？电话号码？

乌玛索装模作样地嘟囔着台词，打起了电话。没想到对方立刻就接了，乌玛索还来不及做好心理准备。

喂。

……

喂？我是蕾邦娜，感谢来电。喂……

乌玛索挂了电话。就此打住吧，乌玛索心想，这就是我的极限了。乌玛索意识到，至今为止自己对蕾邦娜的感情和行动，可以说只是某种试胆。他想试试能把手伸到距离毒蛇多近。不过毒蛇有笼子关着，百分之百地安全。要是没笼子，谁会对毒蛇伸手呢？正因为彼此绝无交集，自己才会对她抱有好奇，才会去接近。胆小鬼乌玛索抖着手重新叠起便条，放到了抽屉深处。他连扔掉的勇气也没有。

转眼一年过去了。乌玛索已经当惯了门卫，可以一站好几个小时什么都不想。这时，总部下达了调换岗位的命令。乌玛索被派到罗利姆·斯迈琉市长府邸，这对他来说是出乎意料的高升。

在制药公司上班的最后一天，欧普邀乌玛索去家里做客。他说，虽然没什么招待，但我女儿会做些吃的。欧普家在平民区，距离制药公司步行大概二十分钟。欧普女儿坐着轮椅在外迎接，双手还戴着橡皮手套。欧普没怎么介绍女儿，有种别多问的意思，乌玛索也就没有硬打听。看外表她也就小学生的岁数，虽然小小年纪却很会做家务。

会喝酒吗?

不，完全不会。

多少还是能喝一点吧。总之先来两口。

欧普说着劝起酒来。结果乌玛索一喝就醉，等醒过来人已经躺在沙发上。他看看周围，只有小姑娘在独自收拾桌子。

咦？你爸爸呢？

已经睡了。

哎呀，我必须回去了。

要不就住下吧？已经很晚了。反正你明天不用上班吧？

乌玛索摇摇晃晃地站起来，帮她把盘子送到洗碗池。小姑娘双手戴着橡胶手套，即便在洗碗，也有好几根指套没动。乌玛索心想她的手指是不是不能动，也可能根本没有手指。

你叫什么？

我吗？阿莉娅姆……

这样啊。我是乌玛索，多关照。

你不用帮忙。要喝点东西吗？凉水行吗？

多谢，那我就喝一口吧。

水无比美味，好喝到乌玛索目瞪口呆。

这是我喝过最好喝的水。

这是井水，很可口吧。

咦，不怕有放射性物质吗？

这附近的地下水几乎没有污染，不过还是要小心再小心。

阿莉娅姆指着一只大木桶。

井里打起来的水，要倒进这只桶里过滤。整整三天才能滤好呢。

是你爸爸的发明？

没错。我有残疾，对污染很敏感。

这样啊……

有残疾的孩子并不常见。因为绝大多数情况下，他们都在医院里生活。政府并没有公布这些孩子的数量。

阿莉娅姆把乌玛索领到寝室。乌玛索醉醺醺的，往床上大字形一躺，就这么打着大呼噜睡着了。等他醒过来，已经是早上。再一看表，哪里是早上，马上就到正午了。环顾四周，这明显是小女生的房间。看来是阿莉娅姆把房间让给他睡了。乌玛索打开门，阿莉娅姆正在起居室叠洗好的衣物。

早安。

哎呀，早上好。睡得好吗？

很好。这是你的房间？

不是，那是姐姐的房间。

姐姐？这样啊，她人呢？

死了，癌症。

这样啊……你爸爸呢？

去示威了，今天是星期天呢。

他在参加示威吗？

是为了我呢。只要是为我好，他什么都会做。

真是个好爸爸啊。

也不见得，他这叫白操心，反正世界也不会有任何改变。他看我的眼神有时像在可怜我，我最受不了他这样。

远远传来了示威游行的声音，欧普肯定也正在卖力呐喊吧。

喝水吗？

嗯，有劳了。

阿莉娅姆倒来的水，比昨晚的还要美味。见乌玛索好喝好喝地称赞个不停，阿莉娅姆装了好几塑料瓶，送给乌玛索当礼物。

递过瓶子的橡胶手套让人无比揪心。

第六章　市长女儿

乌玛索能升迁，最高兴的是伊璐格外祖母。话是这么说，除了她也没人会替乌玛索高兴。上班第一天，伊璐格带着相机来到市长府邸，要给站在门口的乌玛索拍照。

别闹，快回去。

这有什么，照个相而已。谁能来帮忙按个快门啊。

伊璐格小心翼翼地按下了旧相机的快门。现在世面上的相机，全是二十世纪的遗物。曾有一度，大家都改用数码相机，上胶卷的那种险些成了古董。不过风靡一时的数码文化是脆弱的，纳帕吉在陷入经济危机之后，国产数码产品全军覆没，进口的又贵到买不起，能弄到一台二手的模拟相机已经很不得了。伊璐格的相机是七十年代日本产的，她很少拍照片，好几年前的胶卷还剩着。今天就是多拍几张也用不完。这种相机要整卷胶卷都用完才能冲洗，所以特意拍下的照片也不能立刻看到，很不方便。

就在这时，从宅内开出一辆鲜红的高档车。是市长千金的座驾。乌玛索重新戴好帽子，按下开门钮，边瞥着伊璐格，摆手赶她走。

车窗降下，金发的千金亮出脸来。乌玛索恭敬地行礼。伊璐格跑到车旁，厚着脸皮叫住了千金。

哎，大小姐，能帮忙按个快门吗？

喂！

乌玛索不禁一把揪住伊璐格的衣领。

哎呀，没问题。

千金带着亲切的微笑，优雅地下了车。外祖母把相机交给她，兴冲冲地往乌玛索身边一站。

是来旅游的吗？从哪儿来的？千金按了快门。

才不呢，是我家外孙有出息了。哎，再来一张。

外孙？

就是他。

外祖母拍拍乌玛索的背。

哎呀，是新门卫的外祖母啊！

我这外孙虽然不成材，还请多关照。

外祖母深深一鞠躬，千金顺势按了快门。

哎呀，抱歉！重拍一张吧。千金又一按快门。

乌玛索接过千金递来的相机，塞到外祖母手里。接着一把拎住她的耳朵。

你闹够了吧！别打扰我工作，快回去！

这一凶，饶是伊璐格也打起了退堂鼓。她把相机收进包里，对千金猛一鞠躬。

我这外孙虽然没良心，还请多关照。

还请你们多关照。

千金苦笑着一点头。真美啊，不愧是上流社会的公主，就是不一样。乌玛索叹了口气。

金发千金亲自驾驶着鲜红的高档车，开出门后，有些鲁莽地一加油门，看起来车技还不太熟练。乌玛索目送着汽车绝尘而去，关上了大门。

多棒的大小姐啊。伊璐格也叹道。不愧是种马暴发户的女儿。

据说斯迈琉市长的精子曾经能值天价，每卖出一安瓿就能盖一栋房子。他能当上市长，也是靠这些买他种的有钱人撑腰。

就在这位种马市长的府邸前，雇了四名门卫。

四个人轮流，早班、晚班、夜班三班倒。上完早班，下次就该上第二天的晚班，再下一次是次日的夜班。在制药公司上班时是周末双休，但在这里没有周末。不过像这样四个人三班倒，接下一个班之前能休息一整天，也就是做八小时休息二十四小时。总之呢，是个轻松差事。门卫前辈这样介绍道。

从制药公司门口调到市长家门口，乌玛索说不上有什么不同。像这样，真能称得上升迁吗？就门卫来说，只是换了个地方站岗，站着还是站着，本质上没有任何不同。

话是这么说，一想到自己不是给别人，而是给斯迈琉市长守门，他还是会忍不住得意地窃笑。或者也有可能，他是在为美丽的千金窃笑。

顺利结束第一天的工作回家之后，伊璐格已经准备好大餐在等他。

恭喜你荣升啊，乌玛索。

乌玛索一口一样尝着桌上的东西，说道：

有什么好恭喜的，工资又没涨。

别这么说，乌玛索。你是在给大人物看门，很了不起啊。

伊璐格双手拿着碗筷，露出了微笑。

你妈妈肯定也在天上为你高兴呢。

第二天，千金开着那辆鲜红的高档车回家时，又和乌玛索打起招呼。

你外婆还好吗?

咦? 啊，是的。她很好。

乌玛索困惑地敬了礼。多亏外祖母的胡闹，金发千金记住了乌玛索。真是讽刺啊，乌玛索心想着，稍微有些感谢起外祖母来。

两周之后，乌玛索才和种马暴发户市长见上第一面。市长坐着漆黑的豪华轿车现身，听说是去什么岛上尽情打了场高尔夫，整个人晒得黝黑。看他油光发亮的脸，就知道夜里很能干。这男人只是因为有优秀的精子，就获得了一切。这是我一辈子都实现不了的愿望，乌玛索无比嫉妒。我是给种马守护庭院的狗，这就是我的一生。想到这里，乌玛索闷闷不乐起来。

然而，这段时间恐怕是乌玛索·伊尔扎德此生最为幸福的时光。如果他能给种马当一辈子看家狗的话。

一天，乌玛索像往常一样站在门口，有人从后面戳他的背。乌玛索回过头，原来是市长千金隔着栅栏站在他正后方。千金嘻嘻笑着，正把玻璃器皿里的草莓往嘴里送。

要吃吗?

乌玛索不知该怎么回答。

不能吃吗？因为正在上班?

是的……

你真讲规矩。那我就给你下命令吧。吃，这是命令。

乌玛索只能不理会她。结果千金来了兴趣，更是不停地逗他。

伸手。喂，快，把手伸出来。这是命令。

千金把手从大门的栅栏里伸出来，冲他招招。乌玛索战战兢兢地伸过手，千金在他掌上放了颗草莓。

乌玛索赶紧送进自己嘴里。

好吃吗？

乌玛索边嚼边点头。

再给你一颗。

不，不用了……

这是命令。

没办法，乌玛索只好又伸出手。这回千金放了两颗草莓，乌玛索都吃了。

你叫什么？

乌玛索。我叫乌玛索·伊尔扎德。

我是伊瑟涅特。

我知道。您是伊瑟涅特·斯迈琉小姐。

哎呀，你居然知道啊。

这是我的工作。

什么啊，真无趣。来，再来一颗。

这次给了三颗草莓，乌玛索一口气塞进嘴里。他拼命上下活动着下巴，只想快点把满嘴草莓嚼烂。伊瑟涅特大小姐从后面看着他滑稽的模样，终于忍不住蹲在地上大笑起来。

哈哈哈哈。你啊，就不能慢些吃吗？

乌玛索用袖子擦掉嘴角流下的果汁。

来，乌玛索，再吃一颗。

不了，真的不了……

是命令。

伊瑟涅特硬是把草莓往乌玛索嘴里塞。乌玛索咳得喘不过气，结果哇一声，嘴里的东西像喷泉似的全吐了。

哈哈哈哈哈哈！

伊瑟涅特笑得久久站不起身。乌玛索同样狼狈，他跪在地上，拼命用手拢起吐掉的草莓，包进手帕里，又拿包草莓的手帕像盖章似的把一地果汁擦干净。伊瑟涅特还没止住笑，她想站起来，结果失去平衡咚的靠上栅栏，铁栅栏的巨响吓了乌玛索一跳。不知怎么伊瑟涅特又被他的反应刺激，笑得好一阵出不了声。乌玛索真不知如何是好，不过一想到自己的举动能逗乐千金，又很是得意。千金让他再吃，他嘴上说这是最后一次了，却飞快地伸出手，样子有些滑稽。传来的触感并不是草莓……乌玛索赶紧收回手，只见握在手里的是钞票，而且金额不菲。

这是……

我有个请求。

背后传来千金的声音，此时已经没有笑意。

原来千金背地里交了男友，是她美术大学的讲师。要是同学也就罢了，偏偏对方是老师，她的父母想必不会有好脸色。

要是被逮到就惨了。爸爸说不定会把他全家赶出伊洛莫亚州呢。

伊瑟涅特这样说道，如果男友来了，就悄悄把他放进来。这就是她的“请求”。乌玛索怎么可能答应。要是被逮到，千金最多不过被爸爸打屁股。可乌玛索肯定会被告到总部，立刻就要丢饭碗。可是千金说只要能和乌玛索达成密约，她明天就想实行。

喂，你说如何。

请问，您为什么要冒这种风险……乌玛索提心吊胆地问道。

是问为什么跟他交往吗？伊瑟涅特说。是啊，在你看来肯定很傻吧。可是只因为我是市长的女儿，就连谈恋爱都要这样那样受限制，那还不如死了的好。我怎么也是个女人。

不，我不是这种意思。

那是什么？

我是想问为什么不惜冒这种风险……一定要在这里见面？

这……是呢，该怎么说呢……千金想了想，这样回答：

就是寻刺激，好玩而已。

这种玩法我怎么可能奉陪！乌玛索在心里叫道，结果还是没能拒绝。他只能把抵得上自己两个月收入的贿赂收进兜里，默默向千金敬了个礼。

第二天。这天该他值夜班，男子骑着复古式哈雷摩托车现身了。照伊瑟涅特的说法，他是个美术大学老师。不过，这种摩托车必须相当有钱才玩得起。价格贵也就罢了，能骑着这种大肆改装的违法车招摇过市，要么是政治家的儿子，要么就是种马暴发户的崽子。

男子穿着女士黑皮大衣，把摩托往道旁树边上一放，朝这里走来，缠在他身上的珠宝叮叮当当响个不停。干吗非打扮得这么招摇啊，乌玛索欲哭无泪。

男子停在乌玛索跟前，冲他一个微笑。乌玛索敬了礼，默默打开门。男子笑嘻嘻地说道：

和市长女儿交往可不容易呢。

男子拍拍乌玛索肩膀，演戏似的溜进了府邸。求你正常地进去！乌玛索在心头呐喊。进入府邸后，男子从兜里掏出内部地图，比照着周围景色，向某处挥一挥手，没入庭院的草丛不见了。树丛中，不停传来珠宝叮叮当当的响声。

亏我还赌命在帮忙！

说不出的愤怒让乌玛索气得发抖。

两小时后，一辆豪华轿车停到门口。车窗放下来，司机傲慢地一扬下巴，意思是叫他开门。这名男子是市长的专属司机，虽然从外面看不见，市长应该就在车上。

乌玛索敬着礼开了门。等轿车驶入府邸，乌玛索立刻用手机给千金打起电话。

那，那个……是的，我是乌玛索。市长刚刚回来了。

没多久，男子猫着腰从草丛跑出来。乌玛索把门打开条缝，男子溜出来，一口气跑到停摩托车的道旁树边。接着他骑上摩托，发动引擎，却不知为何往门口冲过来。乌玛索吓了一跳，与此同时男子一个掉头，边对他行了个礼。风卷起黑色的大衣，露出了男子全裸的身体。男子忙不迭把大衣拉拢。

耷拉着脑袋的巨大阳具深深烙印在乌玛索眼底，久久挥之不去。他肯定是种马暴发户的崽吧，父子都挂着硕大的阳具。这帮人只是因为家伙够大，就能腰缠万贯，就能染指市长的女儿，真是太受优待了。世道的不公让乌玛索郁闷不已。

天亮之后，乌玛索工作完八小时交了班。回家路上，后面传来汽车喇叭响，乌玛索回过头。伊瑟涅特正在鲜红的高档车里冲他挥手。

昨天多谢了。

哪里。

下次也靠你了。

是。

来，你把帽子摘了。

什么？

帽子。

乌玛索摘下帽子。

哎，你还挺有男人味啊。

伊瑟涅特离去之后，乌玛索还沉浸在余韵当中。对自己说“挺有男人味”的唇瓣和嗓音，还有在她离去时闻到的香水余香。光这些，让他一回味就是两三个小时。

这件事之后，二人就像成了共犯，建立起某种奇妙的纽带。伊瑟涅特把乌玛索当成爱犬似的宠着，一有空就到栅栏旁，对正在上班的乌玛索说些有的没的，感情问题啦，学校的朋友啦，闲聊完就回去了。

就这样，现在乌玛索恐怕比在野党的情报员还要清楚市长女儿伊瑟涅特的个人信息。她是典型的热得快冷得也快，和先前那个种马暴发户的崽没多久就吹了。之后，她还带了想当陶艺家的学长回家，还有从欧约克特来当临时讲师的著名现代雕刻家，先后也都分了。虽然她每次都说失恋了，可是在乌玛索看来，她是自己玩腻了把人甩掉，恐怕不能叫失恋。

这样三分钟热度的伊瑟涅特，也终于迎来了命运的邂逅。

只是看一眼，我就全身过电呢。让她说出这番话的，是名篮球选手。

她有一米九五呢，头发也短，都看不出是女生。

这次是女人吗！乌玛索惊呆了。伊瑟涅特在自己就读的美大邂逅了这位一米九五的女子，她是来画室兼职当裸体模特的，伊瑟涅特正是被她的肉体完全俘虏。不过即便是伊瑟涅特，也没能向她表白，结果对她的爱慕却更是火上浇油一发不可收拾。伊瑟涅特成天郁郁寡欢，有时跟乌玛索聊着心事，还会控制不住抽泣起来。她的眼窝也深深凹陷，眼看着衰弱下去。没多久，她无处发泄的恋情开始扭曲，消极的火焰甚至带上了怨恨的色彩。

都是那家伙害我这么烦恼，真想干脆杀了她！

乌玛索隔着栅栏，边劝边帮她出主意。

是因为大小姐倾向追求更渺茫更困难的恋爱吧，肯定因为现在的生活太无聊了。

是啊，说不定是这样。

可是，就算这样找刺激，也会逐渐麻木呢。

我已经很麻木了……

乌玛索想着，让伊瑟涅特稍微换换心情也好，就邀她去看斗鸡。在这方土地，斗鸡是传统的赌博项目，千金却连它的存在都不知道。

乌玛索这样说道。去看看血气旺盛的东西，激动激动，再吃顿辛辣的亚洲料理，喝了酒睡一觉，对付消沉有奇效。

这是他过去在制药公司跟欧普学来的办法。乌玛索本人酒量很小，也不怎么能吃辛辣的亚洲菜，对斗鸡更是厌恶至极。可是除此之外，他又想不出还能怎么陪千金，索性就直接来刺激的吧。乌玛索鼓足了干劲。

斗鸡场在亚洲街，光是脏乱差，已经让千金感受到不小的文化冲击。

真是震撼，下次我想来这里写生。

千金嘴上这样逞着强，身体却下意识地耸起双肩，双手掩护似的抱在胸前，带着生怕在这里染上恶性传染病的戒备，躲避着行人，踮起脚尖小心翼翼地踩过泥泞的地面。

小巷子已经让她这样，目的地的斗鸡场就更是过于刺激了。满身汗臭的工人们高声喧哗着，光是站到场内，就已经是伊瑟涅特的极限。空气中飞满鸡毛，不小心吸进支气管，会剧烈咳嗽。伊瑟涅特瞬间就脸色苍白，连吸气都好像只有一半进到肺里，十分狼狈。

空气真糟，我不能呼吸了！

会吗？比放射性物质可要安全多了。

话是不错。

会放两只鸡进场，您喜欢哪只就下注。

主持人登场，一手拿着麦克风扯开嗓子高呼起来。

好了，接下来是第五名对第八名！

斗鸡师从各自一侧登场，把面目狰狞的斗鸡高高举向观众席。主持人高呼出它们的名字。

蓝方，黄金猫！红方，小叉子！

观众一起扬着钞票大喊起来，吵得伊瑟涅特堵上了耳朵。

您赌哪边？

我就选，红尾巴那只。

是小叉子对吧。

在激烈的呐喊中，对战开始了。伊瑟涅特没能看到最后。比赛途中，不知是从鸡笼逃出来的，还是根本没人看管，一只白鸡从伊瑟涅特脚边跑过。一开始她以为是两只，可是身体只有一个。

是双头鸡。

不对，在两颗头下面，还有一个更小的……

伊瑟涅特晕了过去。

等苏醒过来，伊瑟涅特正躺在陌生的房间里。她被放在床上，乌玛索正好探头往里瞧。

这是哪儿?

这里吗?

乌玛索环顾四周，答得暧昧。

是一个人的家。

家?

伊瑟涅特晕过去之后，是几个亚洲人把她送到这里，估计是其中某个亚洲人的房间吧。其他的乌玛索也不清楚。只有他俩留在房间里，亚洲人全都回了斗鸡场。

伊瑟涅特茫然地望着窗外，她的意识似乎还不清醒。

您还记得自己晕倒了吗?

晕倒?

还记得斗鸡吗?

斗鸡?

您忘了吗?

斗鸡……啊，我记得。我们去看斗鸡了，人好多。对，而且空气很糟。然后我就倒下了。

伊瑟涅特好像在回忆什么，她先是呆然张望，接着逐渐瞪大了双眼。乌玛索顺着她的视线看去，前面只是一堵白墙而已。他回过头，只见伊瑟涅特翻着白眼，眼看又要失去意识。

大小姐!

乌玛索摇晃起伊瑟涅特的肩膀，她立刻恢复了神智。这次她全都记起来了。

那是什么?有好多个脑袋!

是说畸形鸡吗?这地方到处都是。

这里并不是避难区啊!

就是避难区。

咦，这里是避难区?

那些家伙只能住在避难区。

你也是?

我家不在避难区，不过也属于管制区。

我还以为避难区都是一片荒凉，根本没人住呢。

过去是。

不怕放射性物质吗?

怎么可能不怕，只是没有别的去处。

我们回去吧。

伊瑟涅特从床上坐起来，待在这里只会让她越来越难受。

您还是再睡一会儿吧。

不要紧，我没事了。

不过这也是一剂醒脑的良药吧?

或许吧。

二人离开陌生人的家，叫了辆人力的三轮出租车，从避难区逃到了管制区。阿玛西姆距离阿尔米亚科特约有两百公里，到处都是被称作“热点”的高浓度污染地带。根据浓度不同，又分为避难区和管制区。避难区自然不能住人，居民全都抛下生计，逃离了这片死亡之地。而穷人定居下来，就形成了这样的贫民窟。

他们并不在意辐射，怎么活过今天才是当务之急。

穿过管制区往更外围走的半路上，有家印度餐馆。

我饿了！伊瑟涅特说道。二人下了出租走进餐馆。

伊瑟涅特的食欲让乌玛索目瞪口呆。全是辣椒的通红的民族菜被她一个接一个吃得底朝天，还喝光了一整坛高度数的蒸馏酒。乌玛索结完账走出餐馆，只见伊瑟涅特瘫在地上烂醉如泥。您这是干什么啊，快醒醒。乌玛索边帮她拉好卷到肚脐的裙子，边摇着她的肩膀，没想到竟被伊瑟涅特一把抱住。

我不想回去。

这句话，对乌玛索施了魔法。或许也是因为有些醉了，如果没沾酒，他恐怕不会这样诚惶诚恐。一旦败露，他铁定会被开除。不，说不定还会被暗中做掉。乌玛索心里虽然清楚下场，可是被酒精麻醉的大脑却不断诱惑他走上歧途。伊瑟涅特更是早就丧失了理智。她专门挑了家可疑的廉价旅馆，邀乌玛索进去。很少出门的游客，有时会因为过于兴奋去冒不必要的险，伊瑟涅特说不定也是这种心态。旅馆的名字叫“上海大酒店”，却简陋到没有丝毫“大酒店”的影子。

昏暗的楼梯，肮脏的墙壁。门根本关不严，也上不了锁，房间墙上还有小只的蟑螂爬来爬去。

伊瑟涅特躺在满是褶皱的床上。对她而言，或许这间肮脏的廉价旅馆也是一次冒险吧。不过邀不同阶层的人上床，无疑是更加刺激的冒险。这让她更为兴奋。迄今为止，她倾心交往的对象，都各自拥有吸引她的勋章。或是未来的大学教授，或是卓越的才能，或是玄乎其玄的哲学观世界观，或是种马的大阳具。那名打篮球的女性，肯定也是以胜似男儿的体格和身体能力俘虏了她的芳心。

然而，她今晚的对象却是一无所长的门卫，一个普通男子。硬要说有什么优点，也只是听她的话而已，可是这就跟奴隶无异。多没出息的男人啊。想到这里，伊瑟涅特更是欲火难耐。

你是我的奴隶，必须对我言听计从。

乌玛索犹豫了。眼前的千金完全发了情，她已经脱掉衬衫，正在解胸罩。

上我!

一想到要在这样肮脏的房间里侵犯伊瑟涅特，乌玛索也按捺不住兴奋。侵犯……可是该怎么做？乌玛索根本就没有能侵犯她的道具。迟来的现实让乌玛索清醒过来。

对啊，我是撒尿小童啊。

伊瑟涅特像钟摆似的摇晃着酩酊的身体，一件件脱下身上的衣物。等脱光了，她又解起乌玛索的衣服。

抱歉……乌玛索说着拉开了和伊瑟涅特的距离。

怎么了?

还是，算了……

为什么?

因为……您是市长的千金。

不用在意这种事。

伊瑟涅特伸手抚上乌玛索的背。

乌玛索……来嘛，乌玛索。

乌玛索扭过头，立刻被伊瑟涅特吻住了嘴唇。

吻我。接吻总行吧？

乌玛索暧昧地点了头，和伊瑟涅特亲吻起来。伊瑟涅特扭动着舌头，挤进乌玛索嘴里。她的手又打起乌玛索下半身的主意。

大小姐，您醉了。到了明天，您肯定会后悔做出这种蠢事，还会让爸爸解雇我呢。

才不会。只因为我是市长的女儿，你就以为我这么娇惯任性？

并没有。

你要是这样想，偏见就太大了。我才不是那种女人。

我没这么想。

那还有什么问题。

而且……那个……我，还是处男。

哎呀。

所以……呃……

怎么？你在意这种事？

伊瑟涅特的手又伸向乌玛索的下半身，好像在说，我来让你成为男人。

不行不行，不能这么做。这是宗教上的禁忌，禁止婚前性交。

乌玛索开始胡说八道。

什么宗教？

是异教。

什么异教？

不能说，是秘密结社。

乌玛索逐渐自暴自弃起来，连他都快弄不清楚自己是什么人了。

不能上床吗？

不行，任何宗教都不准。大小姐呢？是什么教？

我没信什么教，在幼儿园算是当过新教徒。

新教也不准的吧？您没学过吗？

不准上床？怎么可能学得到，那是幼儿园啊。

确实是。

两人被触到了笑神经。伊瑟涅特笑得太厉害，错失了情欲的巅峰。二人在肮脏的床单上彼此爱抚着，不久千金就沉沉睡去。

姑且算是逃过一劫，乌玛索庆幸不已。眼前横陈的美丽裸体，乳房下方到腹部有着塑料模型接缝一般的线条。这些是脏器移植手术的痕迹。线条很淡，光线一变根本看不出来。既然是市长的女儿，想必接受了最高等级的手术。名流们仗着有钱，会反复移植脏器。对名媛们而言，脏器移植就跟整容手术一样，不过是种时尚。面向年轻女性的杂志对脏器移植的动机做过问卷调查，排第一的理由是保持肌肤靓丽。像乌玛索这样的贫困阶层，就连购买移植猪都是痴人说梦。社会是不公平的，只有有钱人能长命。据说，那些无法移植脏器的贫民，寿命只到富人的六成还是五成。赤身裸体之后，贫富的悬殊更是巨大的鸿沟。伊瑟涅特和乌玛索本来是被隔开的人种，永远不会有交集。不可能的恋爱，禁忌的关系。或许正是这些，点燃了伊瑟涅特的斗志。除非她自己玩腻了，否则绝不善罢甘休。从那天起，她就盯上了乌玛索。

她最喜欢的地方是市长府邸前。这里是乌玛索的岗位，又是伊瑟涅特的家，二人隔着栅栏激烈吮吸着彼此的嘴唇。

要是在这种地方被看到了……

管他的。

亚洲街也成了二人称心的藏身之处。他们会在那家名叫上海大酒店的廉价旅馆亲热一整晚。她开始认真考虑起了结婚。和门卫结婚，她的父母怎么可能答应。

到时候我们就私奔吧。

伊瑟涅特说得认真。可是其中到底有多少是真正的爱情，又有多少只是欲火上脑，实在难以分辨。可以说，伊瑟涅特就是条苦苦等待的狗。乌玛索拿宗教当幌子，唯独始终不答应交合，让她的欲求不满达到了顶峰。

我想做。这份欲求蒙蔽了她的双眼。

够了吧！我不管你那套！

不行。要是做到最后一步，就没法回头了。

已经没法回头了。

既然这样，那就打住吧。

不行。

请您体谅一下。只是不允许交合而已，只要不做到最后这步，其他干什么都可以。我们就趁这机会，把其他能做的全做了吧。

有了这种借口，乌玛索把一直向往的SM啦，道具玩法啦，都拿伊瑟涅特试了一通。只要乌玛索高兴，伊瑟涅特的女人心也会忍不住欢喜。接连无数次的高潮之后，她仍然会想，都能做到这一步了，性交又有什么差？

为什么要用这种东西？为什么不能直接做？

伊瑟涅特夺过插进生殖器的震动棒，往地上一扔。乌玛索正要去捡，伊瑟涅特却拉住他的手腕，一脸严厉地瞪着他。

你来插！不然我就去死。

伊瑟涅特从包里拿出刀，指着自己的喉咙。在旁人看来，这或许只是一出夸张的蹩脚戏。可是在二人之间，这种程度的表现已经是理所当然。没有终点的性行为周而复始，已经让二人迷失方向，再也无法刹车。

请别做傻事。

我都要疯了！已经不想活了！

……

我会死，我是认真的！

虽然拿不准她是不是真心要寻死，不过乌玛索对她的疯狂也再清楚不过。是时候坦白了，乌玛索认了命。

好吧。

乌玛索自己松开腰带脱下裤子，抓起伊瑟涅特的手，隔着三角裤让她摸自己的下半身。伊瑟涅特放下刀，抱紧了乌玛索。

对不起，我还真是个任性的女人呢。

伊瑟涅特说着掉起了眼泪。可她的手还放在三角裤上，紧紧握着乌玛索的下半身。伊瑟涅特擦去眼睛鼻子嘴巴流出的眼泪和唾液，舔舔嘴唇，然后隔着三角裤，激烈摩擦起乌玛索变硬的阴茎。

好大……

乌玛索不想听这种话。

他制住伊瑟涅特的手，换了个姿势，然后自己把手伸进三角裤里。啪的一声响，他抽回来的手里握着个奇怪的器具。

这是什么？

那是矫正器，仿造的阳具正好耸立在它该在的位置。伊瑟涅特拼命套弄的就是这东西。

伊瑟涅特重新把手伸向乌玛索胯下，她摸索着抓住的，是像老鼠幼崽一样软绵绵的小东西。伊瑟涅特发起抖来。

这是……什么？

乌玛索脱下三角裤，幼儿尺寸的生殖器可怜地耷拉着，当真是像老鼠幼崽一样软绵绵的小东西，根部也只缠着几根稀疏的阴毛。伊瑟涅特抬头望着乌玛索，乌玛索带着苦笑流着泪。

对不起，一直瞒着你。其实我是“撒尿小童”。

撒尿……小童？

都成年了也没变大。

嗯……

伊瑟涅特暧昧地点点头。

失望和空虚……乌玛索从千金脸上读到了这样的表情。可不是吗，吊了多久胃口，却是这种结果，就算被宰了也没什么好抱怨。

真的很抱歉。还有什么异教什么秘密结社，都是我胡编的。不过我真的是处男。哈哈哈哈，一看这里就知道了。

空洞的笑声回荡在潮湿的房间。看着小鼠崽发呆的伊瑟涅特终于回过神来。

哪里，该道歉的是我。怪我什么都不知道。

就是这样，我没法跟大小姐交往。

才不会。

不用同情我。

并不是同情。

没事。其实我本来不想说，说了就完了，全完了。

乌玛索的泪水夺眶而出。都怪这根阴茎，这根阴茎把我的一切都夺走了。一看胯下，老鼠幼崽自责地垂着头。伊瑟涅特也泪如泉涌。

不会完的，不会结束，乌玛索。怎么会结束呢？这是给我们的最后考验。不，这根本算不上考验。完全不是大问题啊，乌玛索。

您只是现在这么想。等到了明天，肯定就会烦恼怎么才能跟我分手了。

真过分，我才不是那种薄情的女人。我爱的并不是你的生殖器。这种事，根本构不成障碍。现在普遍都小，能长大的才异常呢。

可是我……真的……非常小。乌玛索呜咽起来。而且您完全买得起种马。

别去在意，乌玛索！

谢谢。已经足够了。

到此为止了，乌玛索心里已经认命。她会执着于自己，是因为一直不让她做，到了明天，我肯定会被抛弃。乌玛索这样想道。被甩是理所当然，本来身份就相差太远。

可奇怪的是，伊瑟涅特的态度和以前完全一样，甚至好像爱得更深。这还不算完，她告诉了乌玛索一个不得了的消息。

你能请两周假吗?

两周？怎么了，您想旅游吗?

不是。我有认识的医生，我跟他谈了你的事。结果他说了，这是小问题。

您在说什么?

在说你的事。你有自己的猪吗?

猪?

克隆猪。

没有。

那就必须先做一头。

我没这种钱!

钱你不用担心，交给我就行。总之今天一起去趟医院，必须先提取你的DNA，然后跟猪的DNA混合。等猪长大了立刻就动手术。你趁这段时间把假期安排好。

难不成，要让我移植猪的阴茎？

要真是这样，玩笑就开大了，乌玛索心想。不过，被伊瑟涅特强行带到医院之后，经主治医师的说明，原来是他理解错了。

并不是要把你的生殖器切掉，换成猪的。基本上只是增强你的生殖器。

医生在白板上画图为乌玛索做了说明。可是就图解来看，基本跟猪的阴茎已经没什么区别。本来医生的计划就是把乌玛索的阴茎增大将近五倍，即便有五分之一是自己的生殖器，剩下五分之四不就是猪的吗。乌玛索犹豫了。可是一切都是为了伊瑟涅特，乌玛索带着这辈子最大的决心点了头。

那就拜托您了。

这样啊。

医生轻描淡写，继续往下说。

你看顺便做个体检如何？既然要培养猪，如果有哪些器官不好，建议都进行替换。医生看起病历。咦，你连肝脏移植都没做过啊。

反正我也不生小孩。乌玛索这么一说，医生的口吻严厉起来。

乌玛索先生，肝脏不只是孕妇的问题。我做过一点调查，如果污染很严重，还是换肝来得明智。如果你不想长寿，当然另当别论。

体检结果，肝脏和肾脏，还有部分肺部，都显示出病变的可能性。乌玛索向总部申请了长假。按理说他都该被炒了，不过伊瑟涅特暗地里做了工作。

结果，乌玛索要住院整整两个月。

这种事到底不敢对伊璐格外祖母实话实说，乌玛索就告诉她得了癌症。

最近感觉有些便秘吧，结果是直肠癌。市长的女儿知道了，说愿意帮我出医疗费。你看如何？

伊璐格流着眼泪合起掌，说真是谢天谢地啊。

手术很成功，乌玛索成了猪肉身体。“猪肉”是那些反移植团体常用的黑话，意思是讽刺他们万不得已还可以拿内脏当应急粮食。

第一眼看到自己重生的生殖器时，乌玛索忍不住嘟囔。

好大。

不久，乌玛索出院了，第一时间赶来接他的不是别人，正是伊瑟涅特。二人从医院直奔上海大酒店，准备尝试初次的性交。可是呢，等到要往嘴里含了，伊瑟涅特却打起退堂鼓。

我不行，到底还是有些……

原来，猪阴茎让伊瑟涅特产生了抵触。乌玛索一直以来都对市长之女唯唯诺诺，这下也忍不住怒火冲天。

您在开什么玩笑！不是大小姐您让我动的手术吗！

抱歉……

伊瑟涅特垂着头，肩膀直发抖。她是在哭吗？并不是。她是在拼命忍着笑。

可是，这个，太恶心了。

看着她无邪的笑脸，乌玛索感到了二人恋情的终结。随心所欲的市长女儿和贫弱门卫之间的恋爱游戏结束了，她就要离我而去，投身于新的恋情了吧。而我，将重新过回看门狗的生活。挂着猪阴茎的看门狗，也太惨了。这段恋情本来就不会有结果，身份太悬殊。虽然她总把结婚放在嘴边，自己竟然一不小心就信以为真了，真丢脸。我不恨她，不如说要感谢她带来的这些快乐时光。谢谢你！伊瑟涅特啊，谢谢你。托你的福，我得到了巨大的阳具，说不定还能靠它发笔财。乌玛索咒骂着自己的无耻，却还是忍不住想象起美好的未来。伊瑟涅特半是好玩地摆弄起来，猪阴茎胀得硕大，从没有过的快感倒灌进乌玛索全身。然而，吐出的精液却照样像水一样稀。毕竟，只是纸糊的假阴茎。

可是，离别却是以意想不到的形式到来。二人的关系传进了市长的耳朵。泄密的是给乌玛索动手术的医生，他拿这事去威胁了市长。市长勃然大怒。他给医院捐了大把钱，女儿的对象还偏偏是自家的门卫，猪老二更是岂有此理。市长第一次打了女儿。

混账东西！你想让我抱猪孙子吗！

与此同时，一无所知的乌玛索正在门口值夜班。屋里有人出来，始终黑洞洞的人影向门口走来。这么晚了会是谁呢，乌玛索凝视着黑暗。这时，伊瑟涅特一声大叫。

乌玛索！快逃！

同时，男子的剪影伴随着巨响一闪光，几乎同一时间，乌玛索眼前的铁栅栏火花四溅。

快逃啊！乌玛索！他要杀你！

乌玛索逃了，他拔腿就跑。

爸爸！快住手！

听到这声呼叫，乌玛索知道剪影是谁了。

又一声巨响，子弹划破黑夜，一路贯穿了乌玛索身边的空气。四周回荡着余响，旁边大使馆的窗户亮起灯。乌玛索只能竭力逃跑。

已经回不去了，该怎么办，那是我工作的地方啊。之后几天，乌玛索都躲在房间里，等着总部的联络。反正肯定会被炒，市长府邸应该已经有新门卫在站岗吧。

不久，总部来了联络，乌玛索并没被解雇，不过被调换到了其他岗位，理由是多日无故旷工。难道市长什么也没说吗？或许是因为说不出口吧。总之，不管怎样没被解雇就是万幸，乌玛索心想。可是，等得知上班地点，乌玛索惊呆了。

“阿尔莫夏格尔[1]流放地”。

这就是他的新岗位。这是市长给乌玛索的惩罚。

注：

1. 阿尔莫夏格尔（Arumoshakoru），影射青森的核燃料再处理工厂所在地六所村（Rokkashomura）。

第七章　流放地

阿尔莫夏格尔是个位于阿玛西姆北面的边陲小镇。这里也有已经废弃的核能发电站。

拆除工作磨磨蹭蹭进行到半途，电力公司就破产了。

之后，此地由民间的拆除工和管理公司接手。一段时间里，连别处用完的核燃料和放射性废弃物都被运到这里，最终却随着经济萧条被扔在一边，现在连工人都不再出入。门卫们管这儿叫“流放地”，本来是已经退休的老人在看守，并不是乌玛索这样的年轻人该来的地方。他不敢告诉伊璐格调职的事，她知道了肯定会激烈反对。乌玛索像往常一样骑着自行车，装作要去市长府邸，其实是去北边的“流放地”。这样的日子开始了。

乌玛索仰望着大门，不禁咽了口唾沫。设施的正门围着围墙，门闩上挂着大锁，还缠着层层锁链，锈迹斑斑的锁上绑着“禁止入内”的牌子。乌玛索不经意地抓住门锁，试了试有多牢固。他仿佛能听到最后把这扇门关上的人在说，千万别进去。

门卫室里有人影，乌玛索像是被逮了什么现行，赶紧一鞠躬。不，我不是可疑人物……对方没有丝毫反应。是没注意到我吗？乌玛索敲敲一旁的门，战战兢兢地走进门卫室。里面乱七八糟，门卫还是一动不动地坐着，正在专心看书。

请问……

对方没反应，说不定是个聋子。乌玛索从满地垃圾里挑空隙下脚，走近门卫。门卫对他一路弄出的哗啦声依然无动于衷。该不会是死了吧，乌玛索从他背后探过头来一瞧。那是个旧人偶，假人。真没想到，新岗位的前辈竟然是个人偶。莫非这里根本就没别人，所以才会这样一片狼藉。难怪门卫之间都管这里叫“流放地”，真是到了个不得了的地方。乌玛索叹了口气。人偶埋着头，脖子周围有黑色的东西在动。是蟑螂，蟑螂正趴在它的脖子上。不过说真的，这蟑螂也太大了。

外面能听到水声。

乌玛索绕到后面。眼前也是堆成山的垃圾，不过能看到一名裸男正躲在废品后面冲澡。淋浴设备像是被蛮力拧弯的水管。

你好！

乌玛索打起招呼，男子回过头。

干吗？

我是今天来上班的。

咦？上班？

是的。

能等我一下吗？

乌玛索去正门口等了。不久，男子拿破布擦拭着身体走出来，与其说是门卫，这人倒更像个流浪汉。

他的身体在频频抽搐，边抽还边像陀螺似的轻微旋转。而且时不时的，上半身会猛地一扭，或许是得了什么病吧。他的头发和眉毛也掉光了。

你是新来的？我是古尼克・涅比托斯。

我叫乌玛索・伊尔扎德。

古尼克主动和乌玛索握了手。

欢迎来到流放地。你到底犯了什么事？

乌玛索不知如何作答。

没关系，不想说也行。被扔到这种地方，你也够倒霉啊。总之好好相处吧。要喝茶吗?

说完古尼克就进了门卫室，乌玛索跟在后面。古尼克用残疾的身体踹开垃圾，想给乌玛索腾个地方，可是成效甚微，乌玛索见状也去帮忙。

我以前工作的地方也还算像样。可是我的身体这副德行，虽然自认是在认真工作，从远处看就像在做体操。门卫摇来晃去是怪吓人的，总部应该也没恶意吧。雇主不乐意，能有什么办法。结果我就被下放到这儿了。

难不成，您就住在这里?

啊? 对。

古尼克脸上有些不自在。

家里人扔下我跑了，我就赌气迷上了赌博，结果有的没的全赔光了。反正每天都得上这儿来，又没有其他人，我就想着稍微住段时间，不知不觉已经三年了。碍着你了?

古尼克边说边把脏桶里的水倒进水壶。

这周围的水管全坏了，只有后面的管道不知道为什么能出水，估计是地下水吧。

这儿的水，能喝吗?

是污染水，不过少喝两口就没问题。来，喝吧喝吧。

古尼克把水壶放到小炉子上点起火，接着把不知什么干草切碎了加进壶里。

这是茶吗?

这附近的草。各种我都试过，要属旋花晾干了味道最好。只是要花点工夫才能适应这种苦味。

来历不明的饮品煮好了。乌玛索不好意思拒绝，就啜了一小口，结果当场就吐。

哇！呃！

难以言喻的涩味瞬间肆虐整个口腔。乌玛索吐着舌头，到处找东西漱口。桶里的脏水现在也信不过，结果他只能拿衬衫袖口擦遍嘴里每个角落。古尼克看着乌玛索的反应，爽朗地笑了。

哈哈哈哈，放心吧，这东西对身体没害处。不逗你了，是我不好。就放那儿吧，这回给你泡普通的茶。你去随便买些东西回来，要味道好的，最好能再捎带个咖啡之类。嘿嘿嘿嘿嘿。说起来我有些饿了，吃的也交给你了。

您不介意的话，要吃我的吗?

乌玛索拿出本来是当午餐的咖啡和面包，提供给这个流浪汉。

感激不尽！古尼克热泪盈眶。在这种地方工作，人情最是感人啊。

看他高兴成这样，乌玛索心情也不坏，心想着，明天也给他带吃的吧。转念又一想，要是养成习惯就麻烦了。

平时呢？您都吃什么?

饭还是吃得起的。别看我这样，其实有钱。挣了钱也没地方花。

古尼克感动地吃完早饭，心满意足地走到外面，钻进草丛拉起屎来。他也不在乎从乌玛索的位置能看得一清二楚，简直就像猫狗在方便。

对了，你玩赌博吗？我知道有个胜率不错的赌场，去不去？

咦？可我没钱。

放心吧，我请客。

古尼克擦也不擦就拉起裤子，然后披上最像样的一件夹克，戴上鸭舌帽遮住了眉眼。

那就走吧。

咦？现在就去吗？

没错。

请别开玩笑，现在是上班时间吧。

别这么死板。

您总是这样吗？

反正又没人看着。这里只有我和你，我们不说就没人知道。还是说，怎么，你以为总部会来这种地方视察？那你大可放心，绝对不会有人来，至今也一次都没来过。要知道这里可是“流放地”。

不……我还是不去了。要去您请自便。

干吗，真见外，有什么不好。唉，今天是第一天，算我请客。下次就休想了。你要是拒绝，我就什么都不告诉你，像是这儿的事啦，全都不说。

结果乌玛索拗不过古尼克，工作第一天就被迫翘了班。二人坐着公交，辗转到了阿尔莫夏格尔隔壁的伊卡索尼芙。古尼克嘴上说请客，结果连钱包也没带，车票钱都是乌玛索掏的。古尼克在车站小卖部买了报纸和烟，也是让他付的钱。乌玛索心想，像这样一整天的开销都让我出钱，那可吃不消。于是，他半路上就提出要回去。哎呀，别生气，古尼克嬉皮笑脸地去搂乌玛索肩膀。请适可而止！乌玛索挥开他的手。

干吗啊，莫非你以为我在坑你？

没错。

都让你放宽心啦。好吧，你在这里等我一下。

古尼克说完就跑上附近一栋公寓的楼梯，不一会儿，乌玛索在建筑二楼的窗户看到了古尼克。他在房间里转来转去，不知在干什么。没多久，古尼克回来了，手里还握着一沓钞票。

你怎么能拿别人的钱?

啊?哦,那是我家。

你家?骗人的吧,你不是说过无家可归吗。

没骗你,是我老婆的家。她跟孩子一起住这儿。

你是来偷钱的?

偷多难听啊,老婆的钱就是我的钱。

当真吗,这真是你夫人的家?我看纯粹就是闯空门吧?

烦死了,你怎么这么啰唆。

第二天,乌玛索一大早就认认真真地在正门前站岗。过了一会儿,古尼克睡醒出了门卫室。

哎呀,昨天真是不走运。不是说新手会交好运吗,你的运气也实在太背了。

我已经长记性了,请别再约我去了。

喂喂,从一开始就放弃了怎么行。赌博这玩意儿,要花时间慢慢玩才能赚钱。任何事都是这个道理,没有随随便便就能赚的钱。

赌博就是要让人赚不了钱，我再也不会去了。

干吗啊，今天该你请客了，昨天是我请的。

请你也只请了第一盘吧，你知不知道我后来输了多少，直到下个月都没钱了。

随便古尼克怎么劝，乌玛索就是不接招。

哼，随你的便吧。

古尼克总算作罢，一个人走了。

到了傍晚，不知从哪里传来孩子们的嬉闹声。乌玛索惊讶地环顾四周。一开始他还以为是错觉，不过确实能隐约听到。

乌玛索爬上用于监视的瞭望塔，能看到场地里有座巨大的旧建筑，孩子们的声音应该就来自那里。乌玛索按下扩音器的按钮，结果是坏的。没办法，他只好提高嗓门向场地里大喊。

场地禁止入内！请出去！

孩子们躲在建筑里不出来。

你们从哪儿进去的？在干什么！快出来！

于是孩子们也大声回吼。

吵死了！电水母！你开什么玩笑！

你丫滚蛋！

少打岔！

少年们一副老熟人的口吻，毫不客气地对乌玛索大骂特骂，骂完又回到建筑里。“电水母”应该是在说古尼克吧，真贴切。看来，他们是把乌玛索错当成了古尼克。他们还不知道这里有了新门卫。

趁现在必须好好警告他们。乌玛索回到门卫室，找起正门的钥匙。这时，古尼克回来了。

你在干吗？

乌玛索头也不回，口吻十分严肃。

有小鬼溜进去了。

哦，常有的事。古尼克说道。也不知道他们是怎么进去的，好像是有秘密通道。

为什么不赶他们走？

就算想赶，这里面禁止入内啊。

所以才要把他们赶出来啊。

你不知道？这里面连我们也不准进。

你说什么?

那边有指南，你自己看。第二条第一项写着呢，任何场合下，警卫不得进入设施。然后还有第十二条第三项，设施内发生火灾、恐怖活动及其他紧急状况时，应当立刻联系总部，请求指示。你要是把小鬼当恐怖分子，给总部去个电话就行。

如果擅自进去会怎么样?

别问这种蠢问题。被逮到就解雇，没被逮到就屁事没有。

可是，也不能就这么放着不管吧。乌玛索道。

没用没用，古尼克说。唯独小鬼和野狗，随你怎么都拿他们没办法。尤其是小鬼，你也知道，最近数量少，都是娇惯着长大的，才不会听你大人怎么说。

除了恐怖活动，就没有应对普通非法侵入的指南吗?

乌玛索打开警备纲要的文件夹。

看这里……

“如有入侵者擅闯设施，应当立刻予以驱逐”。

这是第三条第一项，意思是可以进去吧？

古尼克苦笑。

并没这么写吧。

不进去要怎么驱逐？

喏，你看下一页。

乌玛索翻到后一页，上面写着第三条第一项的后续。

“或是劝其撤离”……只是劝告吗？要是劝说没用呢？

第二项。不是都写着吗。

乌玛索朗读起古尼克手指的段落。

“若拒不撤离，应当联系总部请求指示”。怎么，结果还是联系总部啊。

唉，就是这样。

那，我就打电话。

乌玛索拿起听筒。

古尼克见了，慌忙拉开桌子抽屉，从里面拿出钥匙递给乌玛索。

求你了，千万别把总部的招来。要是被看到这儿一团乱，会扣我薪水的。

我才不管。别说一团乱，光是你在这里安家就已经违规了吧。

别这么不近人情嘛。而且那帮小鬼，别看那样，其实都是好孩子。给他们几个零花钱，就会帮很多忙，像是跑腿买东西啦。

所以就可以放他们进去吗?

当然不可以，可是又能有什么办法。而且那群小鬼，被惹毛了很可怕啊。

一帮小鬼你怕什么。亏你能胜任门卫。

就是胜任不了啊。

总之你别捣乱，要不我会一五一十全报告给总部。

知道了，总之你先冷静。再过三十分钟他们就会玩腻出来了。要抱怨，等到时候抓住他们再教训不迟。

果真像古尼克所言，三十分钟之后孩子们离开建筑，钻出了划分场地内外的围墙。墙上到处开着孔，成了孩子们的通道。他们就像可恶的老鼠，一个接一个往外钻。乌玛索骑上自行车，大吼着全速冲过去。

喂！这儿可不是游乐场！

于是其中一个孩子叫道，喂，电水母！少碍事！

乌玛索默默逼近孩子们。等看清他的长相，孩子们面面相觑。喂，这家伙是谁，从来没见过啊。

乌玛索大喝，你们看不到禁止入内的牌子吗？

一个孩子说，那家伙怎么了？那个电水母古尼克呢？他被炒了吗？

不，他还在。乌玛索说道。

另一个孩子说，那，你是谁？

我是谁都跟你们没关系！听好，你们再也不准来这儿了。

有别的孩子说，古尼克就什么都没说。

不行就是不行。

换了个孩子说，就你一个人怎么赢得过我们？

又一个孩子说，哈哈！这家伙吓住了。

少年们慢慢向乌玛索聚拢，围成圆圈包围了乌玛索。他们全员都看着乌玛索，那是带着嘲笑的轻蔑眼神。乌玛索不寒而栗。虽说是小孩子，可要是这么多人一起扑上来，到底难以招架。

一个孩子说，杀了他吗？

另一个说，算了，今天给新来的一个面子。

少年们就像野狗，接连钻进银色的草丛，没入高高的银色草原不见了。他们去哪儿了？乌玛索摸不清他们的行动模式，更加害怕起来，总之先骑起自行车回到了正门前。古尼克忍着笑走出门卫室。

所以让你别多事啊。对付小鬼，给几个零花钱他们就会服服帖帖。只不过，看来是不会服气你了。你啊，真不会处事。

哪有大人会跟小孩子较劲！

乌玛索一脸不痛快，又站回了岗位。不过，内心的忐忑不安却难以平复。不过是小孩子而已，有什么好怕的，打起精神来。

过了一会儿，少年们骑着自行车，一个接一个窜出草丛。原来他们是把车藏在草丛里了。少年们接连向乌玛索冲来，直到就差分毫才掉转车头，敬着礼骑走了。就这样一个接一个，乌玛索吓破了胆，一动不也敢动。

哎呀呀，你挺行啊，都让他们甘拜下风了。

虽然古尼克是这么说，但乌玛索并不这么想。这是警告，不对，是预告。他们肯定会寻仇。

乌玛索打了个冷战。

第二天，乌玛索的预感成真了。放学之后，少年们直奔流放地。乌玛索正站在正门的岗位上。他们隔着大概三十米停下车，然后排成一排，捡起附近的石头向乌玛索扔过来。

快住手！

乌玛索扭动身体躲着飞来的石头，滑稽的模样逗得少年们捧腹大笑，笑完又继续扔起石头。门卫室的窗玻璃被砸碎了，乌玛索全身都是瘀青。少年们差不多扔累了，才跨上自行车扬长而去。

等古尼克输得精光回来，被门卫室和乌玛索的惨样惊呆了。所以都跟你说别惹小鬼啊，他们会没事找事。

这一天，乌玛索到底没力气反驳。

如果对方是成年人，只是为了报复被乌玛索赶走，这件事说不定就结了。然而，他们是小孩子。在游戏和发明上，小孩子是天才。他们尝到了欺负门卫的乐趣，既然如此，就只能等他们有朝一日玩腻。

第二天他们也来了，再往后一天也是。这简直成了他们的日课。

我要杀了你们。

每当他们离去，乌玛索都会这样独自低语。

某天，不知为什么少年们没来。乌玛索下班回家的路上，从草丛里飞出根棒子，插进了自行车的辐条。车轮就像完全被锁死，瞬间一个急停，借着惯性一个前滚翻。骑在车上的乌玛索被抛到半空，接着就这么摔上地面。周围回荡着孩子们的笑声。

乌玛索扭过头，只见他们躲在草丛中，正看着他笑。其中有人挥着手笑话他，还有人朝他扔石头。乌玛索扶起自行车，轮胎已经被磨破爆了胎。

对方有十二三人，虽然人多势众，充其量不就是小孩子吗。乌玛索转而发动了攻击。少年们四散逃窜，乌玛索揪住其中一个的衣领，把他拉到路边。被逮住的少年大叫起来。

放开我，浑蛋！你找死吗！

乌玛索毫不费力地举起少年，往地上就是一摔。少年后背磕地，接不上气晕了过去。其他孩子远远地看着这一幕，见乌玛索冲向下一个目标，立刻一哄而散。乌玛索停下来，他们也跟着站住。

乌玛索跨上自行车骑走了，他们只是默默注视着。乌玛索回过头，暮色中能看到少年们的剪影。那些剪影纹丝不动，却更让人毛骨悚然。不过，他们终究是帮孩子，一吃苦头就不敢吱声了。乌玛索心想，抓到窍门了，总之随便逮到一个狠狠教训一顿就行，剩下的就会被吓跑。

自行车的车轮歪了，脚踏板一蹬就会发出吱吱的刺耳噪音。等回到家里，钻进被窝，那声音依然回荡在脑海。

之后一周，少年们没有出现。再度现身时，他们在距离正门百米外站成一排，向乌玛索敬起礼。敬礼持续了很长时间，并不像之前那样带着戏谑。礼毕，少年们回去了。

他们是在以自己的方式表示反省吧，虽然一下子有些难以置信，不过乌玛索稍微松了口气。我也不够成熟啊，居然对小鬼暴力相向。心里有了从容，反省的念头也随之涌上来。想起孩子们的敬礼，甚至让人有些欣慰。乌玛索误解了，他们的表演是开战的宣告。

第二天，古尼克一大早就去了赌场。乌玛索拒绝了他的邀请。早知道就一起去了，可是世上没有后悔药。到了下午，少年们悠然驾到。全员手拿铁管，骑着自行车冲来。

快住手！

他们对乌玛索发动了波浪式攻击。乌玛索踢飞一辆自行车，架起摔倒的少年当人质。

住手！

然而人质没有任何效果。看来他们已经分析过上次失败的原因，这回毫无畏惧。打击从四面八方蜂拥而来，从前面，从旁边，从后面。被抓作人质的少年也从乌玛索的胳膊空隙间挣脱，不知何时加入到战斗中。乌玛索已经无法站立，他被拽起来，用绳索团团绑住，接着扛起来扔到地上，再用自行车猛砸，直到最后失去意识。

傍晚，等古尼克回来，只见乌玛索被倒挂在瞭望塔上，赤身裸体，全身都被涂满泥。

喂！你没事吧！

乌玛索对古尼克的声音毫无反应。古尼克解开绳子，让乌玛索躺到塔楼地上。古尼克不经意用泥手一擦鼻子，身体突然弹簧似的一跳。

哇！是屎！

古尼克捏起乌玛索四散在周围的衣服，正要擦脸，结果上面也全是粪便。

乌玛索恢复了意识，同时号啕大哭起来。

是谁干的?

呜、呜、呜。

乌玛索泣不成声。

是那帮小鬼吗?

呜、呜、呜。

喂喂，哪有大人会被小鬼弄哭。

呜、嗯、呜呜。

唉，被小鬼欺负成这样确实会想哭。不过你也真傻，要是跟我一起出去，哪会落得这副德行。

古尼克把乌玛索搬下瞭望塔，带到水管边。

总之你先洗干净，实在臭死了!

呜呜呜，古尼克，是你的屎啊。呜呜呜!

怎么，是我的屎吗! 那还真是对不住啊。

当天乌玛索已经没法工作，就提前回了家。伊璐格看到乌玛索的模样，险些晕倒。他满脸瘀青，已经认不出是谁的脸。

天啊，是乌玛索吗? 你是乌玛索吗? 这到底是怎么了!

只是被街上的小混混找茬了。

报警了吗?

我也有错。

乌玛索假装平静地坐到饭桌前，吃起外祖母亲手做的饭菜。可是他痛得根本吃不下。

我打算辞职了。乌玛索说道。

为什么?

没什么理由。

没理由怎么会辞职！能在市长大人家工作多难得啊。

伊璐格还不知道乌玛索去了流放地。

行了，不说了。

乌玛索躲进房间，躺在床上，倒头就睡死过去。他做了很多噩梦，好几次都被惊醒。喉咙很渴，说不定发烧了。可是他又没力气起床，稍微动弹一下，就周身剧痛。深夜里，好不容易睡熟了，却被剧痛折磨醒。乌玛索冲进厕所，拉下裤子，只见阴茎肿得乌黑。乌玛索实在受不了剧烈的痛楚，只好呼叫伊璐格。

外婆，救命!

伊璐格闻声赶来，乌玛索已经口吐白沫晕厥过去。伊璐格叫来救护车，把乌玛索搬进了医院。

医生从他的阴茎里发现了生锈的钉子，恐怕是孩子们插进去的。阴茎别说消肿，反而继续恶化。整整三天三夜，乌玛索都在高烧中呻吟。一周后，好不容易才拥有的大肉棒坏死了。

切除。睾丸也只剩下一个。

尿憋急了，会自己漏出来。护士为他准备了成人用的尿片。剩下的半辈子，必须永远穿尿片了。想到这里，他就眼前一黑。

出院那天，是伊璐格一路把他搀扶回家的。二人听到擦身而过的年轻姑娘们说，怎么有股尿臭？乌玛索不禁看向自己的胯下。

你不臭，是下水道的臭味。伊璐格对他说。

不是外婆吗？毕竟上了年纪。

乌玛索的玩笑话惹得伊璐格苦笑，乌玛索也稍微笑了。没了的东西就是没了，只能就这么继续往下过。伊璐格说。

回到家，趁伊璐格出门去买东西，乌玛索在自己房间脱光衣服，站到镜子前。脱下尿片之后，胯下就像开了个圆窟窿。实际上空洞并不算大，只是周围的阴毛很配合，才显得夸张。简直就像黑洞。过去，乌玛索不是个爱惜玩具的孩子。只要稍微有些破损，他就忍受不了那种无法挽回的状况，非要彻底破坏掉才甘心。乌玛索从镜子里看着已经损坏的生殖器，深感命数已尽，于是打算上吊自杀，跟这个世界说再见了。可是呢，等他把自己的脑袋伸进悬在天花板上的绳圈，却冷不防感到自己的阴茎正在勃起。已经不存在的阴茎竟然勃起了，这份奇迹让乌玛索大为感动。现在，自己正在发情。虽然他并不清楚原因，却躁动起来。连他也没想到，这种机能竟然还在。生殖器的肉棒没了，睾丸也缺了一个，却还能发情。唯一剩下的袋子里，睾丸正在发情。别死，乌玛索，我还很精神呢。乌玛索仿佛从胯下听到这样的呼唤，他抚摸着坚强的睾丸哭了。

不死了，就为这种事寻死也太蠢了。现在必须先解决来之不易的性欲。

乌玛索忽然想起了蕾邦娜，妓女蕾邦娜。虽然曾经缺乏勇气挂断了电话，不过今晚没问题。要见面就趁今晚。乌玛索拿出便条，拨打了电话。先是漫长的回铃音。然后，电话通了。

喂。我是蕾邦娜，感谢来电。喂?

……

乌玛索紧张得说不出话。

你好?

反正我连命都可以不要，豁出去吧。乌玛索挤出了声音。

请问……能跟你见面吗……

感谢来电，请告诉我住址。

我的吗？有些不太方便。

那，就找家旅馆碰头吧。

旅馆？我想想……

乌玛索指定了亚洲街的廉价旅馆，那家“上海大酒店”，他曾经和伊瑟涅特幽会的旅馆。

乌玛索比约定的时间早到，他独自坐在旅馆床上，忐忑不安地熬着时间。一看镜子，才发现忘了刮脸，现在满脸都是胡茬。这可不好，乌玛索拿洗脸池边的刮胡刀刮起脸。等刮完他才意识到，早知道还是该留着胡子。她肯定记得我的脸。站在制药公司前的那个门卫，是他买了她。这可有些尴尬啊，太难为情了。不行，都到了这一步，还管他什么尴尬什么难为情。乌玛索拿自己的懦弱没办法。必须克服，就只是今天而已。好不容易才鼓起勇气，这种关头软了还有什么意义。啊哈哈，说不定已经软了。对啊，我已经没那玩意儿了。麻烦了，把最关键的给忘了。这种畸形的生殖器，要怎么拿给她看啊。

失算，我到底在干什么。不过，幸好还没被她看到。回去吧。

乌玛索披着夹克看了眼表，还有十分钟就是约好的时间。好险，赶紧回去吧。

这时，响起了敲门声，乌玛索吞了吞唾沫。又是一阵敲门。完了，她来了！乌玛索慌忙环视四周。

床边放着一只诡异的中国面具，落满了灰尘。乌玛索暂且先戴上面具，开了门。

好久不见，蕾邦娜的头发长了很多。蕾邦娜看到面具先是一惊，随即就笑了。

这是干什么？我能进去吗？

乌玛索一个大意就让她进了房间。没办法，乌玛索只好这样对她说：

请问，我能戴着这个吗？

为什么？不想被看到脸？

咦？嗯……

没问题。要是能不露脸，我还想戴面具呢。我去冲个澡。

说完，蕾邦娜查看起浴室。乌玛索坐在床边，因为面具的关系，自己的呼吸声显得格外响亮。

乌玛索在思考。如果不趁现在回去，就会被她看到自己损坏的生殖器。虽然遮着脸，自己究竟能不能承受住这份屈辱。还是说，反而想光明正大地亮给她看？自身的冲动和自制力的纠葛，让他也弄不清到底该选哪条路。

喂。蕾邦娜说道。

什么?

浴缸里有死老鼠。

什么，当真?

乌玛索起身准备去看浴室，却发觉视野很差看不清路，只好畏畏缩缩地坐回床上。

啊，请坐。

不好意思啊。

蕾邦娜坐到乌玛索身旁。

这里，你常来?

咦? 啊……也不是。

我是第一次来呢。

这样啊。喜欢吗?

想听实话?

啊……也不是。

我不讨厌老鼠，因为很可爱啊。可是死的就不太好。

话是不错……

乌玛索的声音在发抖。

冷不防伸过来的手在解乌玛索的腰带。

能站起来一下吗?

乌玛索听话地站起身。裤子顺势滑落，蕾邦娜的手伸向三角裤。乌玛索还来不及退缩，下半身就暴露在蕾邦娜眼前。

哎呀。

蕾邦娜瞥了眼乌玛索，微微一笑。

吓到你了?

乌玛索透过中国面具的眼睛洞，想一窥她的表情，可是看不清。

蕾邦娜说话了。

不一样的客人形状也不一样，对吧?什么事都大惊小怪可做不了生意。不如说你的面具更吓人。

我这还不算稀奇?

应该算稀奇了，不过其他各种古怪的我也见过。

其他还有什么样的?

是啊，撒尿小童那种只有小指头大小的完全不稀奇呢。

我在问稀奇的。

唔，比方说有前面分成两股的。

骗人。

是真的。你要不信，我也不想说了。毕竟是其他客人的隐私。

抱歉，我信。不会告诉别人。其他呢？

还有整根长满毛的。

不是吧，真的假的。还有呢？

还有像烟灰缸的。

怎么个像法？

又粗又短，简直像是有别的什么用途了。还有跟树叶一样扁扁的，也完全看不出是用来做爱的呢。

可是光是有，已经很好了。

你还想听没有的？

还有没有的？

那还用说。不过把脸遮起来的你是第一个。该不会是我认识的人?

乌玛索不知如何作答。

认识也无所谓，已经没什么可难为情了。来，躺下吧。

乌玛索听话地躺下来。一旦开始进入正题，面具就十分碍事。蕾邦娜把自己的长筒袜递给乌玛索，让他用来遮脸。乌玛索照她说的套上了袜子，那模样让蕾邦娜笑得合不拢嘴。乌玛索一看自己在镜子里的脸，也大笑起来。蕾邦娜从包里摸出烟含在嘴里，又给了乌玛索一支。乌玛索接过来要往嘴边送，却忘了自己戴着袜子。

你就这么抽吗?

蕾邦娜说着又大笑起来。乌玛索真就隔着袜子抽起烟，逗得她又一通笑。就这样一会儿胡闹，一会儿闲聊，预定的时间已经过了。不过蕾邦娜说今天可以破个例，这下开始认真工作起来。失去阴茎的乌玛索在她的技巧下绝顶了三次，而且是至今从没体验过的绝妙高潮。乌玛索舒服得失神，一时间起不了身。唯一一只睾丸分泌着精液，乌玛索的胯下湿得像女人。蕾邦娜用舌头帮他舔了干净。

不好意思，我必须走了。

蕾邦娜起身穿起内裤，不知在找什么东西。

在找什么？

我的长筒袜。

乌玛索完全忘记袜子就套在自己头上，也翻开枕头帮她找。蕾邦娜终于反应过来，两人又笑得倒在床上直打滚。乌玛索从头上拉下长筒袜，重新戴上中国面具。接着把袜子铺得平平整整，叠好了才还给蕾邦娜。蕾邦娜正要穿上袜子，才发现里面塞着钱。

太多了，我不能收。

没关系，收下吧。

蕾邦娜恭恭敬敬地把钱收进了包里。临别时，蕾邦娜抱住乌玛索，抬起面具下巴，在他唇上印下一吻。接着，她把刚才收下的其中一张钞票卷起来，塞进面具的鼻孔。

拿去喝一杯吧，中国面具小哥。

送走蕾邦娜后，乌玛索独自离开亚洲街，吹着夜风，走在站前的闹市，一边回味和蕾邦娜共度的短暂时光。

一名中年男子正站在店铺的卷帘门前小便。能在外面站着小便真让人羡慕，对如今整个失去了阳具的乌玛索来说，这已经是不可能的了。想到这里，他就没来由地窝火。乌玛索从后面悄悄靠近，捂住男子的嘴。男子的小便就像关了水阀，戛然而止。从后面一瞧，是根包皮小阴茎。

你这根老二也太寒酸了，你不觉得丢脸吗?

话一出口，乌玛索感到一种难言的快感，周身都充满了力量。

就你这样也敢当众站着小便啊。怎么，你那根能满足女朋友吗? 喂，要我帮你割了吗，啊?

男子从兜里摸出钱包，想递给乌玛索。看来是把他当成了强盗。

别杀我！男子向他求饶。

什么？杀？哼，我不会杀你。把手举起来。

男子颤抖着举起手。乌玛索把男子的衬衫连同夹克拉到头顶，用袖子打上结。接着又扒下他的裤子，用腰带拴住脚踝，然后跑了。回头一看，只见男子光露着肚子和下半身，在卷帘门前歪歪扭扭，简直就像另一种生物。

哈哈哈！

乌玛索奔跑起来。

爽快！

乌玛索狂奔在空无一人的小巷，如野狗般狂吠。

第八章　街头恶魔

第二天，乌玛索久违地回到了“流放地”。他肩披熨烫笔挺的制服，踩着铮铮发亮的长筒靴。往门卫室的路上，乌玛索停下自行车，进入了银色草原。他抬起倒在地上的桩子，绑上绳索，把绳子一头连接到另一根倒在银色草丛中的桩子，再用绳子把这根和其他倒下的相连。乌玛索把这些桩子重新打好，绑起绳索。不出所料，路障也被丢弃在草丛里，乌玛索把路障栅栏设置到路上。要知道，这才是它们本来必须坚守的职责。各司其职，这就是秩序。

乌玛索进入仓库，打开上锁的储物柜，里面排列着老旧的来复枪。乌玛索拿出其中一把，花不少时间仔细做了保养。他握着这把来复枪，站到正门前。清风送来银草的气息，乌玛索深吸一口气，让草香充盈整个肺部，祝福起自己的新生活。

昨天为止的乌玛索・伊尔扎德已经死了。从今天起，我将焕然一新。看啊，这万里晴空！多蓝！多蓝啊！对新生而言真是再适合不过的好天气！

乌玛索就要准备掉眼泪了。可是呢，难得的气氛却被门卫室出来的男子破坏。

好久不见啊，你还活着吗。没事吧？看你脸还肿着啊。

古尼克睡意蒙眬地揉着眼睛说道。等他看清正门口重获新生的乌玛索，不禁瞠目结舌。

你你、你、这是要干什么！

乌玛索看也不看他一眼，目不转睛地瞪着地平线。

喂！谁让你搬出这么危险的东西！

古尼克吃惊的是乌玛索手里的枪。

喂！你是想报仇吗？别做傻事，那些是小孩子啊。

他的话乌玛索充耳不闻。现在，乌玛索完全理解了门卫工作的职责。门卫是什么？答案就在自己身后。门卫就是背对自己应当守护的东西而立之人，这就是门卫。驱逐入侵者，并非出于憎恨。不论对方是想策划恐怖活动，或者只是想在里面踢足球，都跟自己无关。仅仅是驱逐任何意图闯入的人，这就是门卫的工作。

单纯的装置。门卫最好是单纯的装置。

乌玛索指向银色的草丛。

看那里。

古尼克定睛望去，能看到成一直线的绳索横跨草丛。

乌玛索提问，设施的半径多少米内，禁止闲杂人等闯入？

咦？我想想……是半径五百米以内。古尼克回答。

那就是边界。只要有人往里走一步，就是闯入者。

唉，你说的是没错。那，进来了又怎么办？总不会要用那把枪赏子弹吧。

予以驱逐。要是抵抗就开枪。乌玛索说道。

喂喂，这种事警备纲要里可没写啊。

快换衣服。

什么？

你去守西面。

喂，你这是怎么了。该不会脑子出毛病了吧？你会被炒的，不，是会被抓。

古尼克返回门卫室。等他过一会儿出来，确实换了衣服，只不过是平时外出的便服。

你要怎么干都随你，不过出了事我可不管。

古尼克说完，正要踢开自己那辆破烂自行车的支架，瞬间，枪响了。古尼克倒抽一口气，回头一看，乌玛索若无其事站得笔直。只不过，枪口确实有青烟摇曳。

你开枪了？你……在想什么！

少啰嗦，闭嘴去你的岗位。

啧，开什么玩笑。

古尼克认命地回到门卫室，从更衣柜里拽出发霉的制服穿上，然后跨上自行车去了岗位。

流放地的西面有连续几百米的高墙。古尼克抵达西门，背靠铁门蹲下来，点了根烟。

开玩笑，我凭什么非得工作。

一回头，乌玛索就站在眼前。古尼克慌忙起身。

不准蹲着，抽烟也不行。

乌玛索打掉古尼克手里的烟，抬起亮锃锃的长筒靴，用靴底把烟碾到看不出原形。

古尼克摇晃着身体，什么也没说。古尼克应该是死心了，他知道跟这家伙已经说什么都没用。

傍晚，少年们骑着自行车来了。他们注意到新设置的路障，停下来观察起大门方向。随后，他们用乌玛索听得到的音量喊起话。

怎么！你小子还没吃够苦头吗！

这是要找我们的茬吗！

没想到少年们就这么撤退了。乌玛索清楚他们并没有放弃，他重新戴好帽子，左右扭了扭脖子。没多久，少年们回来了，每人手里都拿着铁棒。

少年们踹翻路障，闯入禁地。乌玛索向他们冲去。

怎么，那家伙想单挑我们吗。其中一个说道。他们并没注意到，狂奔而来的乌玛索手里握着枪。彼此相距只有百来米时，乌玛索停下来，单膝着地端起枪。接着，毫不犹豫地扣下扳机。

少年们吓得急刹车，好几个顺势摔倒在地，所有人都屏住了呼吸。枪声还在回荡。

被勒令站在西门的古尼克也惊呆了。

他疯了……

乌玛索又架起枪。视少年们的反应，他准备开第二枪。

饶是少年们也束手无策，他们落荒而逃。乌玛索胜利了，他战胜了小学生。

不，他只是做了分内之事。乌玛索站起来，拍掉膝盖上的灰尘，静静回到自己的岗位。

第二天，乌玛索开始着手恢复门卫室的秩序。门卫室已经变成古尼克的老巢，乌玛索把多余的东西通通扔了。对乌玛索来说多余的东西，对古尼克而言却是生活必需品，更是他的全部家当。古尼克也拼命做了抵抗，可是凭他残疾的身体，根本不是乌玛索的对手。

乌玛索当着古尼克的面，把他的全部家产付之一炬。

畜生！畜生！

古尼克气得直跺脚。乌玛索说道：

这都是为你好，从今天起你也要重新做人。你看我，已经获得了新生。从明天起，你要好好从家里来上班。

我哪儿有家！

去找就会有。

哪怕无能如古尼克，也对乌玛索的所作所为怒上心头。他从门卫室后面的仓库拽出布满灰尘的枪，冲着乌玛索的心脏扣动了扳机。本来，乌玛索的人生说不定就该在这里画上句号。谁料到，堵满灰尘的枪在古尼克手里炸膛了。古尼克伤了双眼，乌玛索捡回条命。

乌玛索急忙叫来救护车，把古尼克送进医院。随后他联系总部报告了事故经过。这是工伤，说不定保险会赔。当天总部就派来调查员，简单勘察过现场就走了。

几天后，同一个调查员联系了乌玛索。

古尼克被解雇了。他是自作自受，保险也不会赔。

这样啊。

说起来，你也开过枪？是古尼克的证词。

开过。是开枪警告。

听说对方是小学生，当真？

这就不清楚了。距离很远。

别太乱来。要是打中了，你一样被炒。姑且，你写个检讨书送过来。

是小学生吗？我确实不知道。

总之你要有分寸。

调查员始终是满不在乎的口吻。

这下成了一个人，乌玛索就像迎来了人生的春天，终于能全副精力投入到工作中去。直到日暮，他都像人偶似的站在正门口。还在制药公司上班时，他曾经怀疑自己能不能胜任如此无聊的工作。现在，却视之为天职。我怎么会以为守门无聊呢，到底是哪里不一样了？可是抓破了脑袋，乌玛索也想不出不同。不如说，他根本已经懒得去思考。而且，每一天都过得飞快。

入夜，他会沉迷于街头恶魔游戏。从酒吧顺来的冰锥就是他的标志。

黑漆漆的夜路上……如果遇到一名男子边走边灵活地转动着冰锥，那就是乌玛索·伊尔扎德。这时无论如何也不能随地小便，否则会被扒光，站在小巷里死去……乌玛索会像这样低语着，不时吹起口哨，就像从前的黑帮那样寻找猎物。

某天夜里，乌玛索袭击的对象有根硕大无比的阳具。

这家伙，该不会是种马暴发户？

乌玛索只是猜想，结果这家伙的钱包里当真塞着大沓钞票。确实是种马暴发户，从他钱包里找到的身份证明上，附带着优良精子认定卡。乌玛索用尽全力一踹他的胯下。

混账，你用这根丝瓜一样的老二赚了多少钱，嗯？该不会在阿达沃特湖也买了别墅吧？

乌玛索把巨款据为己有，若无其事地踏上了回家路。

周末，乌玛索去古尼克住的医院探病。他拿出部分抢种马的钱塞进兜里，打算当作慰问费。谁知道，古尼克已经出院了。得知保险不赔的当晚，他就自行消失了，恐怕是担心住一天就要多一天的住院费吧。

乌玛索花了一整天寻找古尼克的行踪，却一无所获。至少能知道古尼克前妻的家也好，乌玛索电话联系了总部那位调查员，却得知据他掌握的信息，古尼克并没结过婚。

入夜，乌玛索挑了个猎物散心，结果运气不好，是个撒尿小童。他不会对撒尿小童下手，这是街头恶魔乌玛索的原则。乌玛索寻找起下一个目标，他已经能够驾轻就熟地一路避开街灯。他就这样穿梭在昏暗的小巷，走在前面的一名女性进入视野，乌玛索放慢了脚步。

是蕾邦娜！

乌玛索根本不用多想。不会错，唯独蕾邦娜的背影，他绝对不会认错。乌玛索改变计划，跟踪起蕾邦娜。一段路后，一名流浪汉叫住了蕾邦娜。乌玛索连忙躲进暗处。

嘿！蕾邦娜！让我上吧。

不行。今天已经打烊了。

有什么关系。

你又没钱。

别这么小气嘛，今天是纪念日。

又是纪念日？这次又是纪念什么的？

你不知道？

流浪汉举起皱巴巴的报纸。

出生率创历史新低，保健省公布的。

是吗。

人类就要完蛋了，所以让我上吧。

什么跟什么啊。

生孩子啊，可以发大财呢。

那要先买猪肝脏才行。

猪也涨价了。

那还说什么。

蕾邦娜重新迈开脚步，乌玛索也跟上去。流浪汉叫住了他。

哟，小哥，有烟吗?

乌玛索没搭理他。和蕾邦娜保持距离继续跟踪一阵，就来到了熟悉的地方。前方能看到制药公司的建筑，街对面就是蕾邦娜居住的公寓。

蕾邦娜进了公寓。

乌玛索来到制药公司门口。门上着锁，门卫室里也看不到人影。乌玛索站到倍感怀念的岗位，感慨万千地望着对面公寓的景色。

不知欧普是不是还精神。如果自己一直待在这里，又会如何呢，至少不会失去生殖器吧。再说远些，如果当初没选择当门卫，现在自己又在干什么呢，至少还是不会失去生殖器吧。

欧普的女儿……阿莉娅姆，她还好吗?

蕾邦娜房间的灯亮了。唯一一颗灯泡发出昏暗的光线，映出蕾邦娜更衣的模样。蕾邦娜脱光衣服，用洗脸盆接上水，打湿毛巾开始擦拭身体。她家断水了吗？连澡都没法洗了吗？

乌玛索掏出手机给她打了电话。

能看到蕾邦娜接起电话的身影。

喂？

耳畔响起她的声音，乌玛索深深吸了口夜风。

来电的人指定了亚洲街上的旅馆。蕾邦娜搭出租到亚洲街，在入口下了车，向客人交代的旅馆走去。

“上海大酒店”。

蕾邦娜径直上楼来到房间跟前。

304号房。蕾邦娜敲了门。

没人应门。一扭把手，门锁着。她又敲了好几次门，房间里感觉不到人的动静。或许对方还没到吧。蕾邦娜暂时坐到楼梯上，等着客人到来。

等了二十分钟，对方仍没现身。蕾邦娜打算回去了，不过以防万一，还是又扭了扭门把手。

门开了……

她探头往房间里望去。

可是房间里依然没人。床边，那只诡异的中国面具正冲蕾邦娜微笑。保险起见，蕾邦娜还查看了浴室，所幸今晚没有出现老鼠的尸体。不知旅馆是不是换了人经营，连浴缸也擦得干干净净。

蕾邦娜走出淋浴房，不知何时，那只面具被放到了床上，正朝她露着滑稽的笑脸。蕾邦娜毛骨悚然地环顾着四周。

肯定是那位客人的把戏。蕾邦娜战战兢兢地开了口。

喂，你在吗？

没人应答。一看窗外，也没有人影。蕾邦娜准备把面具放回原位。刚举起来，面具里掉出一堆白花花的东西，散落到地上。

是钞票，有好多张。蕾邦娜蹲下身，把钞票一张一张捡起来理好。她知道是谁干的，却不知道他到底是谁。蕾邦娜苦笑着，只能对着中国面具合掌致谢。

原来，趁蕾邦娜查看浴室的空当，藏在沙发背后的乌玛索把面具放到床上，塞进从种马暴发户那里抢来的大把钞票，悄悄溜出了房间。要是中途被看到可怎么办，唉，说真的可怎么办啊。乌玛索后知后觉地激动不已，忍不住飞奔起来。他一路狂奔，忆起了遥远的过去，那些追逐着中学同学的岁月。

第九章　捐献人和受捐人

星期天，伊璐格一早就去了老年协会的活动，最近她都跟老年人一起玩。乌玛索完全想不通，老年人在一起要怎么才能共度快乐的时光。老人虽然行动缓慢，其实说不定比年轻人还要充满活力。如果自己就按现在的节奏老下去，等到五十岁肯定就已经老得手指都不想动，成天只知道睡觉了。乌玛索迷迷糊糊想着有的没的，一直睡到中午。最近他格外累，要挣扎很久才起得了床。唉，有时是会这样。乌玛索没怎么放在心上。

到下午，乌玛索接待了一对到访的陌生夫妇。二人站在门口，忸忸怩怩一脸难为情，问他们来干什么也半天不说。难不成是古尼克的亲戚？乌玛索想不出其他可能，总之先把二人请进了屋。

二位找我有什么事？

那个，其实……前几天，我们在奥利弗银行，买了精子。

哦，那事啊。

乌玛索都忘干净了，原来是那次兼职，看来这对夫妻买了那些精子。这次受您照顾了，妻子说着递出果篮，深鞠一躬。乌玛索不知所措，当然也有些心虚。而且欧亚萨姆为什么没联系他？该不会是想要赖，不给分成了吧。

哎呀，这样啊，是被你们买了啊。那太好了。

乌玛索拼命忍着别让声音走调，说道，唉，不管怎么说，先恭喜了。乌玛索竭力保持着冷静。

能有个孩子是我们长年的心愿。

男主人说完，妻子微红着脸点点头。

虽然银行禁止见面，妻子说，可您到底是我们未来孩子的亲生父亲，对吧？所以我们无论如何想跟您道个谢。

你们太客气了，不用道什么谢，我也只是在做买卖。

乌玛索谨慎地扮演着“种马”。

话虽这么说，您就是我们的救世主啊。男主人说。真的是感激不尽。

妻子甚至稍微湿了眼眶。乌玛索备受感动。虽然昧着良心造了假，不过从结果上看，还是救济了这样素未谋面的夫妇，也不是坏事。

我们已经结婚五年了，真的是拼了命在工作，才存起这笔钱。您能理解吗？男主人道。

我懂，你们肯定吃了很多苦吧。

是的。当然，这也没什么好自豪的。如今的世道，大家的孩子都是这么来的。也就是说……该怎么说好呢，这是在拿血汗钱买孩子，所以会格外慎重。

确实是。乌玛索慢慢点了两下头。

上次我们差点买到假货，因为出过这种事，这回才务必希望能成功。

这方面你们不用担心。

乌玛索嘴上是这么说，背上却流下了冷汗。秃头的种，说不定生下来的也是秃头。乌玛索拼命扮演着种马。

总之后面就靠老天爷保佑了，我也会帮你们祈祷。

乌玛索确实打心底里在祈祷，祈祷千万别生个秃头。

男主人嘴里“感激不尽”“感激不尽”地再三道谢，脸上却好像欲言又止。乌玛索也注意到了。男主人又说：

我爱人已经接受过两次人工授精，都失败了。精子是从人类复兴银行买的，可确实很蹊跷，我们都怀疑是不是被骗买了廉价精子。当然，银行是绝对不承认的，千篇一律说什么后面都是概率问题。可不是吗，要是归咎到精子，那就是信用问题了。毕竟，试管里的事谁说得清呢，就算买到廉价的精子，客人又看不出来。您也知道吧？最近伪劣商品横行，或是把好几种精子混在一起提升浓度，或是履历书造假。所以这回我们换了银行，选择在奥利弗购买。

奥利弗负责我们的那位，是叫欧亚萨姆·伊奇洛夫先生来着？他非常为我们着想。妻子说道。我们非常信赖他。只是真不便宜呢，精子。

所以说，虽然实在难以启齿，男主人道，如果能让我们确认一下，就真是感激不尽了。

确认什么？履历吗？

拍照时，欧亚萨姆让他背过履历。当时他背得烂熟，可到现在就有些吃不准了。不过只要能回自己房间，就能拿到履历。

男主人发话了。

不，并不是履历。是……那个……

那个？

就是，那个是不是正常的……

乌玛索一头雾水。难不成还有什么自己不知道的确认方法？他忽然不安起来。

请问……您说的确认是指……

是的，也就是稍微让我们看一眼。

看什么？

看那个。

……

我怎么知道那个是哪个……乌玛索不解地歪着头。

哎呀，啊哈哈哈哈。男主人笑了。真的是很难说出口啊。

一旁妻子的脸上虽然泪光闪闪，却异常凌厉地看着乌玛索——的胯下。乌玛索总算理解了这对夫妇的用意。他们来是为了确认乌玛索的阴茎。

乌玛索说了句“失陪一下”，站起身来。他装成去上厕所，溜回自己房间，接着打开欧亚萨姆的信，确认起档案。

姓名：阿塔冈·纳兹特。

出生于伊洛莫亚州纳泽罗索。

欧约克特大学毕业。

特长：游泳。

不，这些都已经无所谓了，我在干什么啊。乌玛索慌得手发抖。必须想办法搪塞过去。乌玛索用颤抖的手捂着胯下，在房间里踱来踱去。

对了，给欧亚萨姆打电话，欧亚萨姆总知道该怎么应付吧。再说了，像他们这样直接来见捐献人，应该是属于严重违约。

门开了。乌玛索回头一看，那对夫妇正站在门口。

请问，您意下如何？男主人道。

什么？

唉，我们是担心，该不会……您是想给银行打电话吧。

哎？不……

求您了，我们也真的是没办法。

您要是给银行打电话，我们就拿不到精子了。妻子说道。

原来如此，乌玛索在心里点点头，还有这种规矩啊。

看一眼就好，只要能让我们瞥一眼，我们就放心了。妻子边说边目不转睛地盯着乌玛索胯下。

请回吧。乌玛索厉声道。如果是这种事，请通过银行。

男主人说，我们真的只是图个心安而已，可否看上一看？

难道我每卖一次精子就要把自己那里亮给人看吗？不好意思，我没这种爱好。

我们理解。真的只看一眼，看完我们立刻就走。

现在就请回，否则别怪我通知银行。

妻子插嘴道，这人好像心里有鬼啊。

乌玛索怒不可遏。既然对我不放心，那去找别的精子不就好了。行了，请回吧。想买的人多的是，你们放弃了，别的夫妇就能得救。哼，真是的，从没见过这么无礼的夫妻。

妻子歪曲了脸，抓起男主人的胳膊。亲爱的！这人绝对有问题！

男主人安抚着妻子，再次和乌玛索对峙。

还望您能体谅我们，爱人的两次人工授精都失败了。

刚才你们就说过了。我也理解你们会这么神经质，可是规矩就是规矩。就是因为能保证彼此的隐私，我们才会接受种马这种不光彩的差事。想必二位也清楚，像这样上门来找捐献人，本身已经违规。你们现在能站在这里，完全是出自我的善意。结果呢，你们却要看我那里？简直荒唐透顶！

你根本就不明白，妻子反驳，孩子对夫妻来说有多重要。

少说漂亮话，你们的目的是拿补贴吧？说到底还是钱，对吧？吹嘘什么拼了命地工作，结果还不是为了不劳而获。

真过分！妻子双手捂住脸。

我们不是为了钱，男主人辩解道，纯粹是想有个孩子。

哼，真敢说。如果纯粹是想要孩子，干吗要买我的精子，难道不是挑三拣四的结果？我就认识完全卖不出去的种马朋友，精子质量明明很好，只因为他本人头发少，就经常感叹秃子没市场呢。你们要是不介意，我可以帮你们介绍。

我们在讨论的不是这种事吧。

男主人皱起脸。乌玛索完全入了戏，简直像是活生生的种马附体。乌玛索慷慨激昂。

那我问你们，如果是有缺陷的孩子，你们要不要？你们的动机不是很单纯吗？就算孩子有缺陷，你们也甘愿生下来吗？

既然您要这么说，那我问您，难道会生下有缺陷的孩子吗？妻子歇斯底里地反驳。

当然会有。

那也是极少数吧，只能说是例外。

意思是说你们不会是那些极少数？或许吧。以钱为目的的都像你们这样。一旦得知怀了畸形，不管人流协议还是什么协议，毫不犹豫就签了。二十世纪的母亲们啊，哪怕孩子有缺陷，也照样抚养，光这点就值得尊敬。可是最近的主妇呢？生孩子就跟连衣裙稍微开线就要退货似的，挑三拣四，不顺眼就不要了。我都感到可悲。

做父母的难道不都希望孩子能健健康康吗？妻子道。

你说错了吧？不是孩子能健康，而是健康的孩子吧？你们希望的不是孩子生下来之后能健健康康，而是希望直接生个健康的孩子。

有什么不一样?

完全不一样。那秃子怎么说?秃子就不健康吗?

这是两码事!

我明白了,男主人道,这种事确实跟您无关。无论我们是出于什么目的想要孩子,都跟您无关。

没错,无关,我们彼此也不相干。好,道理也讲通了,请回吧。

如您所言!

男主人附和道。

亲爱的!

妻子拉住男主人衣袖。

唉,他说得没错。男主人道。确实买不买都是我们的自由,跟您并没有关系。还请原谅我们的无礼要求。

眼看男主人简简单单就退步,妻子似乎有些不满。

可是,亲爱的……

别说了。打扰您了。本来我并不想说这种话，不过有幸拜见贵府，却很难想象这是捐献人的住所啊。

男主人环视狭小的房间，一声冷笑。

你什么意思？乌玛索竖起眉。

没什么。只是以为吧，“海明威”级别的种马，应该住得更像样些。

最近不景气……

扑哧。种马也会不景气吗，呵！

说不定要跟这家伙干一架。乌玛索拉开椅子站起来。男主人也是一副准备迎击的表情。

妻子挤进来分开二人。算了吧，精子我们不要了。

乌玛索把刚收下的果篮推回给妻子。

请拿走。

告辞。

乌玛索和男主人异口同声。

乌玛索把二人送到门口。妻子把乌玛索退回来的果篮递给男主人，男主人抱着果篮，一脸不快地对乌玛索深鞠一躬，出了门。

乌玛索正要锁门，男主人突然一把推开门，拿果篮一角朝乌玛索狠命砸去。乌玛索摔倒在地，男主人骑到他身上，对妻子大叫。

脱他裤子！

妻子立刻去解乌玛索的腰带。乌玛索蹬着脚拼命抵抗，女人的力气却异常大。

我连肝脏手术都做了，怎么可能就这么放弃！

妻子发狂似的大吼着，解开乌玛索的腰带，扒下了裤子。一股热气喷上她的脸，妻子瞬间怕了。

怎么会有热气？是种马的特征吗？

突发状况让妻子异想天开，不过下一刻，氨的恶臭刺入鼻腔。是小便的臭气，妻子不由得捂住鼻子。定睛一看，这种马穿着成人用的尿片。

是为了保护自己的阴茎吗？可是为什么用尿布？这人连小便都嫌麻烦吗？还是说只是个变态？妻子一时间糊涂了。

男主人大叫，快动手！

妻子揭下微湿的尿片，接着不由得手捂着嘴倒抽一口气。从她指缝间漏出了压低的含糊呻吟。啊！

怎么了？男主人探过头。

眼前是阴毛、空洞和阴囊，却没有关键的肉棒。

这是什么啊？

妻子尖叫。这家伙，怎么回事？

男主人激动地站起身，愤怒至极地猛踹乌玛索的肚子。

你这怪物！

乌玛索呻吟着。不经意朝旁边一看，妻子正对准他的胯下——用高跟鞋的鞋跟。

住手！

比起男主人的踢踹，还是妻子的高跟鞋更有威力。

乌玛索晕了过去。

电话声唤醒了乌玛索，他就这么亮着下半身倒在门口。他迷迷糊糊地拉上裤子，拿起听筒。是伊璐格外祖母。今天我要晚些回来，晚饭你自己吃。知道了。乌玛索放下电话。没一会儿，电话又响了。乌玛索正在收拾东西，准备去医院。

乌玛索吗?

嗯。

我是欧亚萨姆。

哦……

精子卖出去一单了。

哦，这样啊。

下个月打钱。你银行户头没变吧?

嗯……

你听起来不怎么高兴啊。

怎么会。

那就稍微表现得开心些嘛。

那对夫妇刚才来过了。

咦?不是吧。欧亚萨姆的声调变了。该不会是弄错了吧?他们叫什么?

啊，我没问。给忘了。

他们来干吗?

来看我的老二。

什么？你让他们看了？

我不让，结果被打了。现在正要去医院。

乌玛索又落得个住院的下场。

第二天，他的睾丸肿得像气球。虽然痛得要死，心里却有些高兴。要问为什么，男人谁不希望变大呢。

欧亚萨姆来探病了。

抱歉啊，都怪我多事，拖你下水。那对夫妇，据说是在街上偶然看到你。果然还是有这种巧合啊，必须要小心。全额退款再加一点封口费，他们就心满意足地回去了。这对夫妇也是蠢，得了几个小钱就欢天喜地，要是走正规诉讼，说不定要到的赔偿都够他们还买猪的借款了。

一周后，症状恶化。乌玛索被送进手术室，仅剩的一个睾丸也被摘除。

乌玛索不再是男性，可是也并非成了女性。他失去性别，只剩下“人类”这个单纯的定义。感觉上，就好像自己成了机器人或者仿生人。

仿生人……我是仿生人。

甚至在出院回家疗养之后，他还是没法自己小便。医院的护士会来给他导尿，每天两次。他不停在和剧痛作斗争。

过了一个月，乌玛索总算能自己走路，可是之后一整周都在下雨。乌玛索把自己关在房间里，满脑子都想着寻死。等大雨进入尾声，他爬起床，披上了外套。

你去哪儿呢，这大半夜的。他理也不理伊璐格，出了家门。他没脸见伊璐格，就怕见了她会哭。乌玛索是打算去寻死的。

晚上十一点，乌玛索走在周日冷清的街头。店铺基本都拉着卷帘门，只有一家餐馆灯火通明，看起来十分热闹。从窗户往里张望，原来是包场在开派对，此刻正入佳境。乌玛索心头更是说不出地凄惨。

一名年轻男子从店里走出来，乌玛索反射性地躲进了建筑物的间隙。街头恶魔的习惯怎么也改不过来。

男子摇摇晃晃地四处看了看，没想到偏偏向乌玛索藏身的小巷走来。乌玛索急忙假装对着墙在撒尿。

哟，真冷啊。

男子说着，专门站到乌玛索身边撒起尿。乌玛索装作先走一步，忽然从后面架住了男子。这一天，乌玛索比平时更凶暴。

混账！胆敢尿到我裤子上，看啊，你要怎么赔我。怎么，长了这么个蛆虫一样的小老二，真不害臊！

乌玛索将男子按倒在地，把他的脸埋进尿水里，不停踹着他的肚子。男子呛得直咳嗽。

少装模作样开什么派对！

乌玛索对男子啐口唾沫，离开了小巷。可是不巧，店里那伙人正好开完派对出来，跟他撞个正着。莫名逃跑反而惹人注目，乌玛索决定若无其事地走过去。这是个错误的决定，他应该立刻逃跑的。有人从背后叫住了他。

乌玛索！

叫住他的是那位市长的女儿，伊瑟涅特·斯迈琉。

你、你好。

好久不见。

开派对吗?

嗯，大学的毕业派对。

哦。你毕业了啊。

嗯。你……被调去别处工作了啊。

哎?嗯。

对不起，肯定是爸爸搞的鬼。

没什么，别在意。你还好吗?

嗯……你呢?

啊，马马虎虎。

那就好。

有空电话联系。

喂，乌玛索。

抱歉，有人在等我。

是吗?

嗯。

乌玛索。

嗯?

我要动手术了。

什么的?

肝脏移植。

是吗……

你明白是什么意思吗?

明白啊。猪的肝脏对吧?很贵吧。

不是这种事。

那是什么?哦……这样啊,你要结婚了啊。

是的。对不起。

恭喜。

真的很抱歉。

别道歉。

可是你都为我做了手术……

别往心里去。那里已经还原了。

咦?

手术好像不太成功,已经掉了。

什么掉了?

所以说,真的,已经……你就忘了吧。忘了我。

什么叫掉了?是什么掉了?怎么个掉法?

我没时间了。

哎呀，抱歉。

我会给你打电话。

你打不了吧，我打给你。

这样啊，也好。

能好好见个面吗？

你不是要结婚了吗？

结婚跟见面没关系。

我在赶时间。

啊，抱歉。听我说，乌玛索……

背后传来一阵嘈杂声。肯定是开派对的发现了倒在小巷里的同伴。你没事吧？振作点！能听到这样的叫声。

怎么了？

伊瑟涅特隔着乌玛索的肩膀向对面张望起来，乌玛索没法回头。嘈杂声不知为何在向这里靠近。喂，出什么事了！总之先搬到店里！声音越来越近。刚才的男子被带过来，乌玛索的余光都能瞥到他。糟糕！

乌玛索慌了。再不逃就完了。

那就，再见了……

乌玛索吻了吻伊瑟涅特的脸。

乌玛索，其实我直到现在还……

已经没时间了，乌玛索拔腿就跑。伊瑟涅特却一把拉住他的手。

等等！乌玛索！

乌玛索一扭头，正好和对面的受害者四目相对。男子耷拉着的手猛地朝这里一抬，指着乌玛索。

就是他！谁快抓住他！

咦？

伊瑟涅特哑然。

乌玛索想挣开她的手，男子却大叫别松手。伊瑟涅特本来就还有话要说，自然没理由放手。

什么？这是怎么了，乌玛索？

乌玛索拼命一拧手腕，强行挣开伊瑟涅特，飞奔而去。每一蹬石板路，胯下就一阵钝痛。他不记得自己是怎么一路跑过来的，等回过神，已经走在运河沿岸了。由于连日降雨，浊流在运河里打着旋儿。这下正好，死了算了。乌玛索心血来潮，一路来到桥上，结果已经有客人先到一步。一名中年男子一副要自杀的表情，正在往桥下张望。

喂。乌玛索叫住男子。你在干吗？

男子一听，急忙翻出栏杆。

少碍事！你管不着！

我又不会拦着你，想死就去死啊。

哼！我才不吃这套。你说是这么说，结果还是会阻止我。

你误会了。你要是不想死，麻烦让一让。你挡到我了。

你说什么！少看不起人！我受的苦你懂什么！

乌玛索叹了口气。他本来不想被任何人看到，可是请这男人让位吧，心里又不痛快。乌玛索一段助跑，飞身跨过了栏杆。

少碍事啊！

男子大叫。乌玛索栽向浊流。往下跌时，他想起自己还穿着尿片。等冲击水面的瞬间，也就顾不上了。乌玛索的预想很简单。从桥上掉下来，扑通，就死了。

可是现实并非如此，他还活着。夹克里灌着空气，他的身体没能立刻下沉。淤泥的恶臭扑鼻而来。哇，这可受不了！他用脚打着水，可是踩不到地面。哇，要淹死了！

救命！

乌玛索大叫。

救命啊！

浊流卷着乌玛索，离桥墩越来越远。

挽救局面的，是刚才要自杀的男子。他当即拨打电话，成了乌玛索的救命恩人。乌玛索幸运地被营救队打捞上来，捡回条命。

托你的福，我也改了主意。我跟老婆离了婚，孩子被她带走了，只留给我精子的贷款。

乌玛索险些冲着救命恩人的脸就是一啐。

第十章　阿拉哈冈夫妻的始末

用高跟鞋踩爆乌玛索睾丸的女子，名叫娅米拉。医生告诉娅米拉，她只能再做一次人工授精了。

娅米拉哭着说，只要能拥有孩子，我的身体怎么样都无所谓。

医生很为难。

担心你的身体确实是一个方面，可是问题不仅仅出在这里。你的污染浓度变高了，现在已经是极限。到明年检查时，应该会完全超标，那就通不过审查了。哪怕生下婴儿，也拿不到补贴。从这层意义上，你只有最后一次机会。当然，你不在乎补贴就另当别论。

可是，不是有办法吗？娅米拉满脸不甘心地问道。有办法对吧？移植不是能降低污染数值吗？

娅米拉女士，你过去已经多次接受移植手术。肝脏、胰脏、脾脏和肾脏各两次，肺和甲状腺各一次。医生边说边看着病例。就我而言，不太推荐你继续移植。

这是为什么？

考虑到身体的负担。

不必费心。

虽然在医生面前摆架子，其实以她现在的经济状况，倾家荡产也做不起移植了。医生也心知肚明，才委婉地从医护人员的角度出发，强调身体的负担。移植手术曾经也伴随相应的风险，不过事到如今已经是过去式。像他们这样的夫妇，会反复接受移植来生孩子，并且大多会走上破产这条路。这已经成为一个社会问题。

不过还是应该考虑身体的负担……医生说道。不能再做了。最好是考虑代理这条路，不知你意下如何。

请问，您是指代理母亲吗？

没错。

代理母亲，恐怕不太好，这样就尽不到做母亲的义务了。她对医生是这么说，其实问题在于预算。精子银行也可以介绍代理母亲，可是要价都能赶上两头克隆猪了。从黑市也能雇到代理母亲，不过必须跟医生合谋伪造文件，而且会掺和进高利贷。这是公开的秘密，医生当然也知道。

话是不错。娅米拉女士……阿拉哈冈夫人，或者你先休息一阵如何？休息个三年，再重新尝试。

听到这话，娅米拉都快哭了。如果可能，她也想休息。然而这是不可能的，休息就意味着还不起钱。现在娅米拉需要尽快有个孩子。

唉，医生，我还是移植吧。

这样啊。那就请办理定制猪的手续。

娅米拉办好重新定做克隆猪的手续，离开了医院。

男主人库斯涅克已经差不多放弃了。这女人恐怕生不出孩子了。产生这样的念头之后，库斯涅克回家就越来越晚。夜深了，丈夫还迟迟未归。娅米拉苦苦等待，从窗帘缝隙间望去的夜色，自然让她不安。

库斯涅克在政府机关工作，他开始挨个约单身的年轻女同事吃饭，物色着下一个母体。不久，他锁定了一个目标。那个女同事每天都跟办理结婚和离婚的文件打交道，却依然对婚姻抱着单纯的憧憬，简直就像二十世纪的深闺少女。她的父母是个体户，看起来有一定资产。库斯涅克让在税务署工作的狐朋狗友帮忙，偷偷弄到了她家纳税申报表的复印件，按照收入估算出能做人工授精的次数。

唔，大概三回吧。

库斯涅克在心里舔起嘴唇，他已经准备好花光别人的全部家产。

剩下的就是把至今的债务全划到妻子名下，然后离婚就行。不过那家伙会答应离婚吗？哼！管她答应不答应，都怪她生不出孩子。

结婚十年，娅米拉对库斯涅克的这种性格已经了如指掌。

不知他会使出什么手段。不，其实她知道。丈夫肯定会把债务全推给她，然后一走了之。

或许正是这种压抑，促使她做出了脱离常轨的举动。

娅米拉办完克隆猪的手续离开医院，回家路上，她遇到两名女性正推着一辆婴儿车。其中一人全身上下都装备着名牌运动服，似乎是想重塑产后松弛的身材。另一个满脸皱纹，白发苍苍，相貌却和同伴神似。恐怕她们是婴儿的母亲和外婆吧。如今这样的时代，能够成功地三世同堂。虽然只是偶遇，但在娅米拉眼里，这对母女就像是在对她炫耀。

不一会儿，二人到了家。

她们把孩子留在门口，先把物品搬进屋。等再回来一看，婴儿车倒在地上，已经空空如也。

娅米拉抱着婴儿一路狂奔，半途抬手拦下一辆出租车，之后的事她就记不清了。等回过神来，她已经在自己的房间里，眼前是躺在沙发上哇哇大哭的婴儿。娅米拉把孩子留在房间里，出门去买奶粉。她在超市货架上挑选着奶粉，心里说不出地不安，同时也是这辈子第一次感受到萌生的母性。

回到房间，婴儿还在抽抽搭搭哭个不停。

对不起啊，阿亚冈，这就给你喂奶。

娅米拉赶紧烧好水，泡了奶粉。

一咬住奶瓶，小婴儿就全神贯注喝起了奶，根本想象不到刚才还在那样哭闹。

库斯涅克这天照样晚归，看到妻子抱着婴儿出来迎接，库斯涅克瞠目结舌。

朋友出去旅游了，托我照顾。没问题吧？

哪个朋友？

阿尔扎克，不知跟你说过没，是我高中同学。

哦，我知道。

虽然并没见过面，不过娅米拉时常提到这号人物。库斯涅克丝毫没有起疑。

宝宝叫什么？

名字是阿亚冈。

这是娅米拉为自己将来的孩子偷偷起的名字。

阿亚冈啊，真是好名字。阿亚冈·阿拉哈冈，真顺口。简直就像我们家的孩子呢。

凭空出现的天使有着神奇的魔力，甚至把库斯涅克感化成了好人。回家对库斯涅克来说有了奇妙的吸引力，他一天比一天回来得早。最开始他根本不敢碰小宝宝，等习惯了，又舍不得放手。有时宝宝已经睡了，被他逗醒之后号啕大哭，就只能向娅米拉求助。

可怜的小宝贝，爸爸真坏。

看着小婴儿被娅米拉抱在怀里，安心地含着手指打起瞌睡，库斯涅克脑子里的多巴胺不由分说地喷涌而出。太可爱了，真是太可爱了，他不知不觉咬紧了牙关。

真受不了，光是看着就想把宝宝吃掉。

胡说什么呢，不准吃。

一天，库斯涅克上班时，之前那个女同事往他的办公桌里塞了便条，估计是对这段时间的冷淡心怀不满吧。库斯涅克把她叫到屋顶，瞎编了个借口安慰她。现在我父母住在家里，回去晚了会被他们念叨的。

哪知道，对方要说的并不是这件事。

你不是到处约人吃饭吗，女子说道，你在打什么算盘?

谁跟你说的?

别管是谁，是其他跟你吃过饭的女人。

确实，曾经是有过这种事。可是遇到你之后，我发誓再也没这么做过。

是吗。那最近怎么说？我约你，你都拒绝了。

不是说了我父母来家里了吗。

绝对是胡说八道。女子噙着泪。请你不要玩弄我，如果只是想随便玩玩，请去找别人。

说什么玩弄，我还根本没出手呢。库斯涅克心里嘟囔着，却忽然察觉到她的心意。原来如此，难不成她正等着呢?

女子正抓着铁丝网眺望远方，库斯涅克扶住她的肩膀。女子缩着身子，却并没表示拒绝。库斯涅克抚过女子的发丝，摸着她低垂的脸颊埋头一看，她连脖子都一片潮红，湿润了双眼。接下来进入到接吻没有任何难度。

那天，库斯涅克跟她小酌了一杯才分手。从这天起，临别时的吻成了二人的仪式。随着关系慢慢加深，库斯涅克的心情越发沉重。真奇怪，曾经我还想把这女人据为己有，现在却只想赶紧回家逗逗阿亚冈。

不久之后，婴儿被拐的案子见了报。报道称，警方认为绑架的目的并不在于赎金，于是决定公开信息。

有婴儿被拐走了啊，就在这附近呢。库斯涅克看着报纸说道。这人也真蠢，偷来的婴儿又拿不到补贴。

说不定是哪个失去了孩子的母亲干的。娅米拉抱着婴儿说道。肯定是。

或许吧，库斯涅克点点头。妻子的假设很有说服力。如果失去了小婴儿，不知会有多痛苦。

宝宝在娅米拉怀里睡得正香。

库斯涅克久违地握住了娅米拉的手。

真想有我们自己的宝宝啊。

是啊……

这是一个周日的午后，妻子去买东西了，库斯涅克独自在跟小婴儿玩耍。门铃响了，一开门，好几个警察鞋也不脱就冲进屋来。库斯涅克莫名所以，逮捕令上说他们涉嫌诱拐婴儿。

不，这是我妻子朋友的孩子……

可是警察充耳不闻。库斯涅克还没反应过来，就被铐上手铐带去了警局。

婴儿被送还给了真正的双亲，库斯涅克给安排了辩护律师。

是我老婆干的，我什么都不知道。我老婆在哪儿？让我见她！

库斯涅克向辩护律师极力争辩，还想不开地砸起隔离窗，最后被看守架住。很遗憾……律师从包里拿出调查文件夹说道。

夫人已经过世了。她自己撞了卡车。

可是库斯涅克正忙着跟看守对峙，情绪激动，没听清律师的话。他先坐回椅子瞪着律师，然后一仰脖子望着天。律师见他这副态度，以为意思是老婆死了又怎么样。律师皱起眉，语带挖苦。

半年前，俄纳冈[1]州也发生过类似的案子。一对夫妇偷了别人家的孩子，带着伪造资料去办事处办理手续时被捕。检方应该会搬出那起案子。即便如你所言，实施犯罪的是夫人，如果是做丈夫的指使，那丈夫也有罪。如果被视为主犯，量刑会比夫人更重。

我什么都没做。

是吗，可是你即便没让夫人去偷孩子，也命令过她生孩子吧?

她是我老婆啊，也不是命令她生……只是说想要个孩子……这是我们共同的愿望……

库斯涅克有些含糊其辞。律师清了清嗓子，打开文件夹。

夫人的人工授精……

做过两次。

都失败了。

对……

移植手术，肝脏、胰脏、脾脏、肾脏各两次，肺和甲状腺各一次。

是……

有过这样的案子：夫人拿菜刀杀了丈夫和婆婆。案子也跟婴儿有关，虽然被告要求死刑，最后只判了三年有期徒刑，缓期五年执行。因为丈夫和婆婆强迫她不断接受人工授精，使她身心都几近崩溃。这种情况不稀奇，可以说很常见。而陪审团也很容易相信这种常见情况。是你逼着夫人生孩子，于是夫人一时想不开，临时起意拐走了婴儿。希望你能按照这种剧本来，这样讲故事才能帮你脱罪。

我不太明白。

只有走这条路，你才可能赢官司。一旦被判主犯，恐怕十年都出不了狱吧。

十年？这么久……

不愿意吧？

请问……我老婆……娅米拉的律师也是你吗？

你在说什么？不是告诉你了吗，你的夫人已经过世了。

什……么？

你没在听吗？

什么……时候？

刚、刚才。

刚才……死的？

不，你是问什么时候死的吗？是昨天，下午两点，在二十三号大街和乌拉加斯街的十字路口，她主动撞了卡车。

库斯涅克双拳砸上隔离窗。

胡说！

是真的。我刚才就说过了，她撞了卡车。你没听到吗?

库斯涅克一下子没了力气，他已经无所谓自己被判什么罪。

律师很惊讶。

你是真的爱她吗，看你刚才的态度，我还以为你是小白脸呢。

小白脸本来是指靠女人吃软饭的男人，不过最近主要用来形容榨干女人生小孩的男人。也就是说，完全是指库斯涅克这样的男人。

没错，我就是她的小白脸。她老是生不出孩子，我正打算甩了她重新找女人……

在律师的努力下，库斯涅克很快就被释放。可是，这起诱拐婴儿案的始末被专题节目连日报道，库斯涅克不得不辞掉了政府机关的工作。他主动提交辞呈，告别了长年工作的单位。回到家里，被搜查过的房间乱作一团，正等着他收拾。娅米拉的照片上还留着警察踩过的脚印，分外凄惨。库斯涅克用衬衫拭去照片上的泥印，脑海中突然浮现出阿亚冈的名字。

库斯涅克不由得跪倒在地，眼泪打湿了娅米拉的照片。

就在搬走的前一天，库斯涅克接到医院的电话，通知他猪做好了，随时可以移植。原来妻子背着库斯涅克又定了新猪。

库斯涅克去医院见了猪，那家伙还是个小猪崽，只为了人类移植脏器而生的悲哀生命。库斯涅克提出想领回小猪。院方很为难，虽说是猪，毕竟是用于移植的。

娅米拉的主治医生来了。

你把猪领回去干吗？

老婆死了，我留个纪念。

阿拉哈冈先生，克隆猪是用于医疗的，不能带出医院。

连院长都现身了。

不能通融通融吗？这只猪有我老婆的DNA。不如说，它就是我老婆。

小猪在他脚边跑来跑去，虽说继承了娅米拉的DNA，怎么看也只是头猪。

院长发话了。唉，就依你吧，或许这也是它的夙愿，请好好照顾它。

小猪被医生用链子拴住脖子，和库斯涅克一起来到外面。灰尘仆仆的风拂过脸庞，让它皱起了脸。这只一直生活在室内无菌笼子里的克隆猪，没想到竟要以猪的身份永远活下去了。走上街后，小猪好像知道目的地似的，总之一路小跑着往前冲。库斯涅克被它拽着，明明不赶时间，却也跑起来。路上的行人都好奇地回头。库斯涅克感到滑稽，险些笑出声来。

我还说你是娅米拉转世呢……一点都不像。

小尾巴扭来扭去，猪屁股一左一右摆得正欢。那圆滚滚的屁股，也跟瘦削的娅米拉既像又不像。

注：

1. 俄纳冈（Onagan），影射长野（Nagano）。

第十一章　朱诺姆

从桥上掉下去的那夜翌日，乌玛索又回到了流放地的岗位。他已经不想死了，同时也不再考虑该怎么活。我只是个门卫，这样不就好了吗。乌玛索开始这样看问题。

一直没人来接古尼克的班，乌玛索暂时必须独自负担起全部工作。按照总部的报告，很难在两周以内就找到人接班，而这成了乌玛索焦躁的源头。本来，当他看守正门时，搭档就守西门；他守西门时，搭档就守正门，这是基本模式。乌玛索无法忍受不按模式来，就好像某种美好的秩序被破坏，甚至快要失去站在这里的意义。

两周过去了，等到第三周，依然没人来接班。乌玛索打电话去问，总部的负责人态度十分冷淡。

别每天都来电话，等决定好了这边会联系你。

我知道，给你们添麻烦了。

说完这话，第二天乌玛索又打了电话。

不好意思，我一个人确实顾不过来，还请想想办法。

资料已经交给人事了，我也只能等回复。

这样啊，那好的。

每次挂断电话，乌玛索都异常不安。难不成，永远不会有下任来接班了？这一整天他都在疑神疑鬼。

接下来一天，他又给不快的负责人打去电话。

就我一个人真的没办法胜任。下午我要守侧面的围墙，如果有人从正面来，说不定就会看漏。

你没脑子吗？你不会来回巡逻吗？还是说这样都能看漏？

不，现在我就在巡逻。

那还有什么问题。

乌玛索很着急。应该有更具说服力的理由。现在他的压力非常大，只要能说明压力的成因就行。可是具体该怎么形容，乌玛索表达不出来。乌玛索只能忍耐，要是不小心惹怒负责人，说不定就不会派人过来了。

一天早上，一辆小轿车卷着沙尘远远驶来。时常有游人本来要去沙滩，结果走错路误入这里。汽车停在正门附近，车里坐着两名年轻女子。副驾驶席上的女子降下车窗，问起乌玛索。

我们想去沙滩。

你们开过了，回到国道，在前一个路口左转。

这是什么地方？

国有设施。

是干什么的？

乌玛索摇头，意思是无可奉告。

车里的女子多管闲事地说了句“保重身体”，掉头走了。

乌玛索望着远去的汽车，心里有些遗憾。来这里的人，哪怕只是迷路来的观光客，也会轻易牵动他的心。等他们离去，他又会像这样没来由地失落。

空中翱翔的云雀不停鸣叫着。突然，云雀一头栽下来，掉进了草丛。接着从天空某处又响起另一只云雀的鸣叫。

海鸥贴着银色的草丛低空飞行，草原在风中起伏，给人大海的错觉。

分割草原的碎石路上，停着一辆四驱吉普车。成群的野狗潜伏在草丛中，它们的黑眼珠凝视着两道人影。

高个子的老人戴着草帽，同行的妇人腰间挂着赘肉，二人小心翼翼地分开银草，留意着脚下的小陷阱。

三脚架上装着相机，周围是二人堆放在一起的背包、折椅和硬铝的器材箱。

野狗们躲着二人绕过去，悄悄来到行李周围寻找饵食。其中一只发现了鸟笼，野狗把鼻头凑近笼子嗅起气味。笼中关着一只被抓的云雀，正扑打着翅膀。老妇人注意到动静，大叫起来。

喂，走开！

野狗们急忙逃进草丛。

第二只云雀中了陷阱。老人留心着别伤到云雀，把它取出陷阱，用放大镜观察起云雀的腹部。妇人一直在担心野狗们的动静。

会不会攻击我们啊。

应该不会，要不给它们喂些吃的。

老人将云雀放进笼子，拿出背包里的面包，撕碎了扔向野狗。面包吸引来海鸥，它们盘旋着，不断在空中接下老人投掷的面包，野狗们几乎抢不到食吃。老妇人看着有趣，也扔起面包，结果周围越发热闹起来。

不知不觉，四周已经有相当数量的海鸥在盘旋。

我是不是帮倒忙了？

老妇边说边继续扔着面包。因为一旦停下，海鸥会俯冲下来直接从老妇人手里抢。

去对面吧。

二人分开草丛，把狗和海鸥向远处引。

突然，警笛大作。野狗和海鸥都被吓得瞬间没了踪影。回头一看，路边停着一辆巡逻车，乌玛索走下车来。

前面禁止入内，不是拉着绳索吗？乌玛索说道。

绳索？老人看看周围，哪有什么绳子。老人边说边往后退，结果被什么东西绊倒了。

哎呀，你没事吧？

老人被老妇人搀扶着摇摇晃晃站起来，他气得涨红了脸，破口就骂。

这种东西谁看得到！要弄就弄得更显眼些！

是你们不该擅自闯进来。乌玛索道。

老人满脸怒气，想说话却一口气提不上来。他边咳嗽边扶着老妇人肩膀，往后踉跄了两三步。

请出示身份证。乌玛索说道。

二人返回放行李的地方，乌玛索跟在后面一道来了。趁老人们在包里翻找，他探头看起取景器。

喂，别乱碰！

老人大吼。乌玛索乖乖离开器材，却险些踩到什么东西。往脚下一看，原来是关着云雀的鸟笼。

你们不能这样。这里是禁猎区。你们没看告示牌吗？

我有许可证。

许可证？

老人把许可证连同身份证一起递给乌玛索。乌玛索看着文件说道。

欧约克特大学教授……您是从欧约克特来的吗?

是。

是来做研究吗，那些云雀也是研究用的?

对，没错。

抓云雀能做什么研究?

老人从鸟笼里抓出其中一只，递到乌玛索面前。

你看这家伙是雄是雌?猜猜看。

老人招手示意乌玛索靠近些。乌玛索看向云雀的肛门附近。

我说不准，是雄的吗?

不对。

那就是雌的。

也不对。它既不是雄的也不是雌的。

啊……乌玛索点点头。是阴阳鸟吗?

答对了。不过“阴阳”带歧视色彩，正式的叫法是双性鸟。

雌雄同体……

意思是非男也非女。

老人把云雀装回笼子。乌玛索离开之后，二人在吉普的车顶上拍摄了流放地。

刚才那小伙，亏他能在这种地方工作啊。老妇人说道。

唉，或许他是不怎么了解这里吧。老人道。

伊璐格外祖母死了。去看遗体火化时，乌玛索已经无悲无喜。外祖母是幸福的，死了的是我。那天是星期天，虽然没义务上班，他也找不到别的事做，于是下午去了岗位。纯粹只是心血来潮。

正门右侧是门卫的岗位，在门卫们常年的踩踏下，已经寸草不生。休息日来工作也不赖。乌玛索穿着丧服站在那里，却有些心神不定。于是他从门卫室的储物柜里拿出警帽戴在头上，这下就说不出地安心。

海鸥在夕阳燃烧的空中飞舞，银草在海风吹拂下缓缓起伏。

这是个好地方。

乌玛索轻声低语。

这是个好地方。

有什么东西从视野右角蹿过，回头一看，是一名戴着棒球帽的少年。乌玛索惊呆了。如果他没看错，少年刚刚才从门后翻出来。也就是说，直到刚才他一直都在设施里面。

少年似乎也被乌玛索吓了一大跳，正为难地朝他看。乌玛索记得这名少年，他就相当于那群孩子的首领。真是千载难逢的良机，现在是一对一，正是制服他的绝好机会。

喂，小子，在里面干吗呢。

少年突然又爬上铁格栅，翻过大门就往设施里逃。乌玛索紧张得寒毛直竖，脑海里浮现出警备纲要的条目。

“如有入侵者擅闯设施，应当立刻予以驱逐”。

乌玛索隔着门往里张望，少年也在窥探他的动静。

喂，快出来。

我不。

乌玛索先退回门卫室，进入后面的仓库。他取出一把来复枪，填装好子弹，迅速返回到门前。少年还在原地，见到枪似乎吃了一惊。不过乌玛索的位置太远，看不清他的表情。

快出来。

乌玛索架起枪冲少年喊。

少年一动不动，又或许是吓得动弹不得。乌玛索大喊。

举起手来!

少年听话地举起手，接着向乌玛索走来。乌玛索从挂在腰间的钥匙里选出大门那把，插进锈迹斑斑的锁孔。拧动钥匙需要浑身的力气，乌玛索单手举着枪，转动钥匙打开门锁。他正要开门，生锈的合叶却卡住了。就在他又推又拉之时，能感到少年已经走近。乌玛索猛地抬起头，只见少年近在咫尺，吓得他忙举起枪。

你可别开枪啊。

少年边说边站到枪口前。乌玛索怕了。如果不小心扣下扳机，就会铸成大错。就在他分心的瞬间，少年一把拽过枪身。乌玛索的枪脱了手，滑过铁格栅，落到少年手中。

喂，还给我！

不准动！举起手！

少年拿枪口指着乌玛索。乌玛索只得乖乖举手。

喂，这东西很危险，快还给我。

少年露出狡诈的笑脸。

嘿嘿。

你要干吗？

不干吗。这枪归我了。

不行。

我开枪咯。

好吧……那，就让你开一枪。

什么？

你可以开一枪，不过要朝着对面。

乌玛索指向银色的草丛。少年欢天喜地地架起枪，不过真到要开枪了，能看出他相当紧张。

别打歪了。

我知道。

就在说话的瞬间，少年不小心扣下了扳机。伴随震耳的轰鸣，子弹飞出枪膛，少年摔倒在地。趁少年摔得屁股着地，乌玛索准备冲进去夺枪。可是少年反应更快，立刻就起身捡起枪，指向正要开门的乌玛索。

你玩够了吧，快还给我。

乌玛索为难地皱起脸。

不行，再开一枪！

不行。

有什么关系。

已经没子弹了。

骗人。

少年冲草原举起枪，夕阳将他的帽子和脸上的汗毛镀上了金色。那模样，神圣得仿佛从天而降，乌玛索不由得看呆了。清脆的枪声响彻草原。乌玛索瞬间有种灵魂出窍的错觉。不，是产生了这样的愿望。

还给我，已经没子弹了。

乌玛索说道。

还有。

没有了。

有。

真的没了。不信你冲我开一枪。

少年的大眼睛看着乌玛索。

来，开枪试试。你可以开抢。

乌玛索伸开双手。

少年战战兢兢地重新把枪指向乌玛索。

真的没有了吗？

嗯。

那就算了。

少年放下枪。

开枪。

乌玛索的声音十分严肃。

不是已经没子弹了吗？

没错，所以你开枪也没关系。

少年又架起枪。然后这样说道：

我说，这是游戏对吧。

是游戏。

少年犹豫了。

来啊，怎么了，小家伙。

要是有子弹怎么办？

不可能有，是我装的子弹。

少年颤抖着扣下了扳机。还有子弹。不过子弹掠过乌玛索身边，在地面上弹飞出去。

少年丢下枪，跪倒在地。

乌玛索使出浑身力气打开门，总算闯进场地。少年在发抖，乌玛索捡起枪，隔着帽子摸着他的头。

是我不好。

乌玛索随手摘下少年的帽子，戴到自己头上，又想把自己的警帽戴给少年。可是他的手停了。少年泪湿的眼睛正看着乌玛索，那眸子美如宝石。少年擅自抢过乌玛索手里的警帽，戴在自己头上。

你一个人在干吗？来玩吗？

因为今天是星期天啊。

少年任性地说着借口。

就算是星期天也不能进来。

因为星期天你不在啊。

我是不在……先去外面吧。

乌玛索把少年带出去。可是在锁门时，乌玛索注意到一个奇怪的问题。

喂，小子，你一直在里面玩吗？

少年没回话，是怕说了会被训得更惨吧。乌玛索换了个问法，对他而言这是最关键的问题。

小子，这里面什么样？

没什么……很普通……

怎么个普通法？

普通的建筑……还有机器……

你就一个人在这种地方玩吗？

少年不知如何作答，乌玛索这才意识到自己的提问有多蠢。孩子不管在什么地方都能玩耍。而且无论里面有什么，这孩子也无法理解它们的用途。乌玛索不再追问，把少年放了。

好了，回去吧，别再来了。

少年一脸不可思议地看着乌玛索。

大叔，你真不知道这里面的事?

嗯？嗯。

看来少年知道些什么。乌玛索的好奇心又开始抬头。

干吗啊，别卖关子。

这里面可厉害了。

有多厉害?

你不能跟任何人说。

我不说。

当真?

嗯，说话算数。里面到底有什么?

有人的尸体。

你骗我。

是真的。

乌玛索不由得扭头看向设施，怎么想这都是个恶劣的玩笑。

我带你去看。

少年说完，突然冲过去扑上大门。

喂，回来！

少年翻过门，又跳进了设施。乌玛索犹豫了。少年说出的词，尸体……真的会有这种东西吗？可是仔细一想，乌玛索对这座设施一无所知，当然也没有了解的必要，这并不是门卫的任务。可是……

乌玛索学着少年爬上大门，翻了进去。他满是罪恶感，这样做违反规定。然而，乌玛索终究没能抵挡住内心涌上的冲动。是因为里面有遗体，还是因为美少年逃了进去，乌玛索自己也分不清。

进入设施，乌玛索首先被建筑物的魄力深深震撼。如果要向人描述这座设施，不说少年，恐怕就连乌玛索也难以作答。老朽的旧建筑既像医院，又像是某种研究所，也可以说是发电厂，或者工厂。总之乌玛索不是专家，怎么可能知道这里的用途呢。

不过，起码少年说的是真话。

在某栋建筑通往地下的楼梯上，乌玛索看到了第一具遗体。遗体裹着脏毛巾，以蹲姿倒在那里。从远处看，简直就像活人，越发让人毛骨悚然。乌玛索提心吊胆地走过去，往毛巾缝里一看，凌乱的长发下面能看到半张脸，已经完全成了白骨。

对乌玛索来说，他还是第一次以这种形式看到弃置的遗体，却没有想象中的可怕和震惊。虽然遗体已经只剩白骨，不过看穿着无疑是个流浪汉。遗体周围散落着吃完的咸饼干盒、鱼肉罐头的空罐，还有抽完的烟屁股。估计他是擅自溜进来，在这里暂住吧。少年却否定了乌玛索的说法。

你说错了。这家伙是个杀手，因为被黑帮追杀，才装成流浪汉逃进来藏身。

在同一栋建筑的厨房，有另一具流浪汉的遗体。

这是刚才那个杀手的同伴，少年介绍道。

在类似休息室的地方又找到一具，怎么看都是混进来的流浪汉。可少年是这么解释的：

这家伙原本是这儿的门卫，他辞职去养老院住了一阵，可是不喜欢那边的生活，结果又回来了。

这倒有可能，或许是像你说的那样。

乌玛索表示同意，少年好像很高兴。

下一具遗体很奇特。少年推开地下道的盖子，只见尸体歪歪扭扭倒栽在洞里。

这种地方也藏的有呢，少年说道。如果这具遗骸是自己藏进来的，姿势未免太别扭。应该是被谁给推进地下道的吧，多半是在被杀之后。证据是这具骸骨什么也没穿，应该是不想让人查出身份，才故意剥光了扔进这里。

少年给这具遗体也加上了自创的解释。

这家伙曾经是个魔术师，练戏法时出不去了，就在这里饿死了。

少年又带他去了别的地方。这次是建筑物的地板下面，裹在麻袋里的白骨没有脑袋，这具尸体明显死于他杀。

这家伙呢?

这家伙是偷渡客，想藏在袋子里秘密入境，结果被一大群老鼠袭击，只有藏在袋子里的身体没被吃光。

或许是呢。

还有只剩脑袋的。

少年说着把乌玛索带进厕所，打开单间马桶的盖子，里面装着骷髅。隔壁的坐便器里也有一颗头。

这些又是怎么来的?

这些是脑袋人，活着的时候就没有脑袋以下的部分，所以吃了东西要立刻上厕所，索性就住在厕所里了。

少年捡起一边的小石子，投进骷髅的嘴巴。小石子落到了马桶槽底。

如果杀了人要弃尸，确实没有哪里能比这座设施更隐蔽了。要知道，连乌玛索这些门卫都不能入内。乌玛索惊愕不已，他压根就没想过，自己长时间把守的地方，竟然是尸体的乐园。

少年领着乌玛索，来到更深处的建筑。

就是这里。

少年用力拉门，可是一下子打不开。乌玛索也来帮忙，门终于开了。背后的强风将二人推进门去。

乌玛索回头看向身后。

开门就会起风。

这是因为内部的气压被调低了。为了防止室内空气外泄，所以降低了建筑内部的气压。二人当然根本想不到这种事。不过乌玛索注意到建筑内的空调还在运转，从墙壁内侧，从天花板上，都有空调运转的低鸣。这让乌玛索很是意外。

二人笔直穿过长长的走廊，转过尽头。在挂着“资料室”门牌的房间里，乌玛索发现了奇妙的遗体。从连衣裙和长发一眼就能看出，这是名女性，不过脸已经是白骨。她坐在椅子上，那姿势就仿佛只是打个小盹，却睡死过去。滚落在她脚边的药瓶解释了死因。她是自杀。

她是失恋了吗?

这家伙是吸血女，白天在睡觉，到了晚上就会活过来吸人血。

一看医务室，床上还躺着一个。

那他呢?

乌玛索问。

少年没说话。

遗体生前无疑逃进来暂时生活过一段时间。周围散落着各种东西，有空罐、酒瓶、纸箱、毛巾，还有生火的痕迹。明显他就住在这里。

少年说话了。

这家伙，是个好人。

乌玛索去瞧床上遗体的脸，他还以为是白骨，谁知那张脸上还有肉。

是电水母。

什么?

乌玛索重新端详起那张脸。虽然已经木乃伊化，难以辨别，不过经少年一说，确实很像古尼克。想来他确实一直行踪不明。

少年拽着乌玛索的衣袖。

还有，对面也有呢。对面的建筑。

不了，已经够了，我们出去吧。

你不想看吗?

嗯。

二人原路往回走。

到了中庭，乌玛索坐到枯竭的喷水池边。少年捡起根树枝，学着高尔夫的挥杆，打起地面的杂草。

少年用树枝挥打地面时，发现了喷泉的水阀。他掀起盖子拧动阀门，水往外喷起来。少年开心地回头看向乌玛索。他一直把阀门拧到了底，不过喷泉很旧了，出水不怎么通畅。

少年脱掉鞋跳进喷泉，这下又踢起水来。

喂，这是污染水!

乌玛索呵斥少年的同时，突然一声巨响，水从地面喷涌而出。原来是老朽的水管爆裂了。水溅着飞沫喷上半空，落向二人。

少年欢天喜地，故意站到飞沫最密集的地方。少年的白衬衫眼看着被染成褐色。乌玛索看看自己，衬衫上已经有大片污渍。乌玛索想提醒少年，可是水声太大，他似乎并没听到。没办法，乌玛索只好冲进水帘中心，把少年拽出来。

干吗啊？

你自己看。

乌玛索指着衬衫。少年的衬衫已经染成褐色，乌玛索的也一样。

哇，好脏。

水管生锈了。你这样回不了家吧。

没事。

少年的一头湿发分外妩媚，乌玛索有些动摇。少年似乎察觉了他的心思，从下往上盯着乌玛索。那眼神，简直就像女人在诱惑男人。

少年抓起乌玛索双手，按到自己胸前。乌玛索的掌心传来了柔软的膨胀感。

你，是女的？

少年摇头。

那……

乌玛索的手指解开纽扣，滑进衬衫。指尖是微微隆起的胸脯。手指解着纽扣，静静往下移动。少年默不作声，任由乌玛索动作。另一只手已经松开裤子的腰带，衬衫里的入侵者，一路向更深处前进，最终抵达了汗毛般的阴毛尽头。

乌玛索确认了畸形的生殖器，轻轻从衬衫里抽出手。

阴阳人……

乌玛索紧紧揽过眼前纤细的肩膀，少年没有抵抗。二人倒在地上，乌玛索扒掉少年的衣服，来回舔着他的皮肤，就像在贪婪地享用这具身体。一种从没体验过的燥热涌上心头，乌玛索放开了少年。他站起身来，一阵眩晕。回过头，却看不清少年的表情。

好了，回去吧。

乌玛索转过身，向正门走去。可是少年并没跟上，反而往里越走越远，终于看不到他的身影。不知不觉爆裂的水管也不再喷水，回过神来周围已是一片寂静。必须把他带回去，乌玛索追赶着少年，进到一个车间。漆黑的空旷中，能看到少年的白衬衫。

喂！

少年回过头。下一个瞬间，乌玛索不寒而栗。一种未知的恐惧向他袭来。乌玛索走向少年的位置，那里有一个巨大的深坑，少年正往坑底窥探。

快看这里，好大的坑。

大坑有几十米深，掉下去必死无疑。乌玛索忽然抓住了少年。少年吃惊地回过头，那脸蛋美丽依旧。毁了他，毁了这美丽的生物。乌玛索抱住少年，高举起来，扔了出去。扔向黑暗。

少年下落的模样看起来异常缓慢，好一会儿也没到底。少年往下坠时无声无息，也没听到他砸落坑底的声音。

他死了吗?

黑漆漆的坑底，只有白衬衫清晰可辨。

应该死了吧，这么深，可是也没办法确认了。乌玛索逃了。他跑出车间，飞奔向正门，接着钻出门，上了锁。

乌玛索回到岗位，暂且仰望着灰色的天空。就这样不知过了多久，周围气温已经骤降。乌玛索意识到不是发呆的时候，要是被人看到就麻烦了。

回去吧。

乌玛索骑上自行车踏上了归途。今天我没来过这里，他对自己说道。有种奇怪的感觉，可他说不上来是什么，就这样回到家冲了澡。他进入自己的房间，点上根平常不抽的香烟，然后闻了两三下。他又闻了闻烟盒，再闻闻刚才脱掉的衬衫。甚至用手指搓了搓腋下，放到鼻子下面闻起来。没有任何气味。

乌玛索失去了嗅觉，再也不曾恢复。

第十二章　庭守之犬

第二天是周一，盼望已久的新人开着没怎么保养的国产旧车，迟到一个小时之后登场了。新人名叫伯克邦·里米达尔夫，是个开始谢顶的大胡子，鼻头红得发亮，看样子比乌玛索年纪要大。按他的自我介绍，这还是第一次当门卫。从立场上说，乌玛索就成了他的上司。一想到有了个年长的部下，乌玛索稍微有些发愁。更大的问题是，乌玛索现在根本无心欢迎之前苦苦等待的搭档。现在这里是凶杀现场，光是有其他人在，他就吓得魂不附体。

总之乌玛索先假装冷静，给新人伯克邦简单说明了怎么换岗和写日记。说明总共花了大概十分钟，可是伯克邦似乎有些不满足。

怎么了?

总部没怎么跟我交代，话说这座设施到底是干吗用的?

曾经是核电站，现在已经关闭了。

这是总部的说辞吧?这种话你信?如果这儿是核废料的处理厂，你怎么办?

不喜欢可以辞职。

谁会轻易辞职啊，好不容易才找到的工作。

那就闭嘴干活。而且上班时间已经过去一小时十八分了。

唉，真古板啊。

乌玛索感到血在往头上冲，不过还是装作冷静。

你的岗位在那边。

乌玛索当向导把伯克邦送到西门的岗位。趁这一大段路，还给他介绍了一通规章制度和紧急时刻的应对。伯克邦左耳进右耳出，一脸无趣。

好吧，你好好干。

乌玛索虽然心头不快，还是忍耐着做了鼓励。等回到自己的岗位，才长出一口气。

可是没过多久，乌玛索就看到墙对面升起了几丝青烟。

该死，他在抽烟。

乌玛索一咂舌，离开岗位骑上自行车赶到西门。果不其然，伯克邦正蹲在地上悠然地吞云吐雾。

你在干什么？

听到声音，伯克邦才注意到乌玛索，他急忙灭了烟站起来，脚边已经掉着好几个烟屁股。

工作时间禁止吸烟。

伯克邦苦笑着挠挠眉毛。

唉，别生气啊，搭档。

搭档？什么叫搭档？少胡说八道。我虽然比你年轻，在这里我可是老大。你别搞错。

喂喂，这儿就我们俩啊。在这种地方逞威风？你是老大那我是跑腿的？

我只是说新人应该有分寸，还请自重。听懂没？

是，是，知道了。

乌玛索不想再跟这男人多说一句话，已经准备回到岗位。哪知伯克邦又当着他的面哼起歌来。也不知是什么歌，根本不在调上。

喂，不准唱歌。

什么？我吗？唱歌了？咦……我唱了？

少装蒜。

不，我真没注意。唉，是真的。

这次就算了。敢再唱我就报告总部，你记住了。

就因为你嫌哼歌太吵？拜托不至于吧。又不是小孩子。

跟唱歌没关系。你不适合干这行，我只报告结论，仅此而已。

伯克邦稍微变了脸色。

喂，我不就哼了哼歌吗。

你想唱就随便唱，只是两三天我也能忍，就当给你饯别。

你要打小报告？你经常像这样告同事的密？

不是告密。上报之前我事先知会了你，不能算告密。

那我们先来沟通沟通吧。你要是真动不动就打报告，我立马就得丢饭碗。

我没法理解你。如果不想被炒，那认真工作不就好了？

伯克邦苦笑着伸了伸懒腰。

确实，是我不好。

不准再唱了。

不用反复说。能问你个问题吗？

记清楚了？

嗯，记清了，所以让我问个问题吧。

问什么？

你不觉得无聊吗，这工作？

乌玛索怒火中烧，简直就像自己的整个人格都遭到否定。

无聊。你的第一个工作就是去习惯无聊。我已经习惯了。

乌玛索抛下这句话就离开了。怒气无处发泄。可怜的古尼克被乌玛索剥夺了地盘。讽刺的是，这次却轮到乌玛索站到了古尼克的立场。然而乌玛索正在气头上，完全没有察觉，只是一味咒骂着伯克邦。

不久，午休铃响了，乌玛索回到门卫室，伯克邦也走进来。他坐到椅子上，点了烟，若有所思地打量着乌玛索。

干吗?

哎呀呀，你真的是个铮铮的汉子。佩服佩服。

……

来这儿一看吧，只有个年轻人不是?我还心想这下走运了。我本来就不想当门卫。别误会，门卫也是个正经工作，简直就是正经的代名词。只不过呢，不适合我。你也这么想吧?真的不适合我，我天生就静不下来。可我也这把岁数了，已经由不得我去选工作。不过实际来了一看，就一个看起来老老实实的小伙子，我当然会以为交好运了。

你是在说我?

难道还有别人?

那你就大错特错了。

你说对了。唉，老实说太伤脑筋了。年纪轻轻又是个硬骨头。

干吗对我说这些?想让我放水吗?

并没有，我只是觉得，现在难得有这么带骨气的。哎，是在夸你呢。

接着，伯克邦拍着乌玛索的肩膀这样说道：

我还以为现在的年轻人都是撒尿小童呢，你倒是个大屌啊。

这话让乌玛索一阵眩晕。下流的比喻。乌玛索虽然知道不值得跟他一般见识，却还是满心杀意。更有甚者，这个一厢情愿的新门卫还不要脸地想跟乌玛索握手。他满脸笑容，甚至显得有些无耻，那表情好像在说：我很欣赏你，往后会罩着你。乌玛苦笑道，那你就先好好工作吧。虽然他忍着没当场发作，内心却是火冒三丈。开什么玩笑，小心我揍你。

外卖员骑着摩托车来送三明治了，原来是伯克邦不知什么时候擅自订了午餐。不，叫外卖是再正常不过了，伯克邦没有任何错。可是这也让乌玛索气不打一处来。这人也太随便了。

干吗一副眼巴巴的表情，你也想叫外卖吗？

不用，我自己带饭。

是吗，夫人给你做的？

不，是外祖母。

你外婆还在啊。

不，已经死了。

那饭是谁做的？

现在是我自己做。

那你干吗骗我是外婆做的？

不是骗，之前一直是外祖母在做。不知怎么的，倒变成了乌玛索在找借口。跟伯克邦聊天会被他牵着鼻子走，这也让乌玛索难以忍受。他的一切都让乌玛索忍无可忍。就在这时，送三明治的打开了门卫室的门。

哎呀呀，来了新人啊。送三明治的说道。之前只有个叫古尼克的门卫，人很好，不过最近都没点单了。他还好吧？

不知道，我今天才来。

伯克邦看向乌玛索，喂，你呢，知道吗？

乌玛索没有反应，默默煮着咖啡——就他自己的份。

总之，还请多惠顾。外卖员说道。

你家店开在哪里？伯克邦问。

爱荷尼恰弗。

哎呀，我也住爱荷尼恰弗。

这么远！都不容易啊。

是啊。不过，你从爱荷尼恰弗跑个来回，就送个三明治，怕是要亏本吧。

是啊。可是有什么办法，到处都不景气啊。

倒也是。对了，要不你也来杯咖啡？稍微歇口气。喂，乌玛索，你拿杯咖啡来。

乌玛索的怒气到达了顶点。但他还是做出若无其事的样子，把自己的咖啡倒进杯里。外卖员苦笑着推辞了。

唉，不用费心。我还在送货。

有什么关系，喝杯咖啡又不碍事，你说是吧。乌玛索，来杯香浓的咖啡。

不了，真的不用了。

外卖员离开之后，沉默笼罩了门卫室。伯克邦粗鲁地把三明治往桌上摊开，张大嘴用力一咬，番茄和生菜到处往外漏，眼看要落到地板上。伯克邦却是一丁点都不放过的架势，摇头晃脑地把配菜全塞进满是面包的嘴里，吃得满手满嘴都是沙司。真脏，这家伙是狗吗。乌玛索无比不快。瞬间，少年的衬衫掠过脑海。倒在坑底的少年那身白衬衫。乌玛索的思考停止了，愤怒也顷刻烟消云散。

喂，你没事吧。

伯克邦的声音让乌玛索回过神来。

怎么了？

什么？

看你一脸严肃，还流了好多汗。

不……没什么。

傍晚，就要下班时，一名男子来到了设施前。男子很瘦，看起来有些神经质，穿着打扮也不起眼。他给乌玛索的第一印象，就像个无业游民。请问有什么事吗？乌玛索问。男子紧张地搓着手指，这样说道，是这样，我家孩子从昨天就不见了……

不清楚，我没看到。

这样啊……那孩子经常在这附近玩，不知您知不知道。

不知道。

这样啊……看来是在别处吧。

男子话是这么说，却在周围走来走去，到处张望，久久没有回去的打算。这时伯克邦来了。

怎么了?

好像是在找孩子。

男子向伯克邦点头示意，说道，孩子叫朱诺姆。

朱诺姆?伯克邦歪着头，真是个怪名字，是女孩?

不，是男孩。

乌玛索这才知道了昨天那少年的名字。

朱诺姆……多美的名字啊，名如其人。乌玛索心想着，同时一阵天旋地转，还伴随着沉沉的重压。那重压实在太过沉重，反而好像什么都感觉不到。

朱诺姆……乌玛索心想，我杀了朱诺姆……

少年的父亲开口了。请问……他会不会是进里面去了？他指着设施。他好像经常进里面玩耍。

你说什么？伯克邦回头看向身后的铁门。他……从什么时候不见的？

昨天。朱诺姆的父亲道。

会不会是玩得太晚，住在朋友家了？

如果是就好了，我就怕有万一。

唉，做父母的肯定要担心。

是啊。

报警了吗？

没有，还不至于吧……说不定是在朋友家。

这样啊。不过确实，小孩子或许喜欢在这里面找乐子吧。

是的，我也这么想。

伯克邦看着乌玛索，看表情是在问他该怎么办。乌玛索对朱诺姆的父亲说道：

这里禁止入内，他进不去。

伯克邦着急了。

蠢蛋，你在说什么梦话，有孩子失踪了啊！

想进去需要总部的许可，要我打个电话吗？唉，可是……还有没有人接啊，这都六点了。还是明早再说吧。

乌玛索轻描淡写的态度触了伯克邦的逆鳞。伯克邦突然冲乌玛索就是一拳。乌玛索在突袭之下，直接后脑勺着了地。

混账东西！这可关系到孩子的性命！

乌玛索就这么倒在地上，用眼角的余光看着伯克邦在门卫室里翻箱倒柜，找来正门的钥匙，插进生锈的锁孔，开了门。太阳就要落山了，伯克邦从门卫室里翻出两把手电筒，给了朱诺姆的父亲一把。

好了，我们进去。走吧。

二人踏入了禁地。还倒在地上的乌玛索这时猛地站起来，飞快地采取了行动。他悄悄回到门卫室，抓起仓库里的来复枪，装上子弹。接着迅速折返，一口气顺着梯子爬上瞭望塔，把枪身架到展望台的扶手上，连开五枪。两发子弹贯穿朱诺姆父亲的胸膛，两发是伯克邦的腹部，还有一发打穿了伯克邦的脑袋。

乌玛索从瞭望塔下来，立刻电话联系了总部。

发现非法入侵者，已实施狙击。对方再三无视警告，不得已只能击毙。

电话那头还是之前的负责人，这次难掩惊讶。不过乌玛索表现得正大光明，坚称自己没有任何过错，只是按规矩行事。负责人问他为什么开枪。

因为对方再三无视警告。

你看过纲要吗？纲要上没写要开枪吧。

纲要要求联系总部，所以我现在才会打电话。

乌玛索慌不择言，连他也不知道自己在说什么。不如说连自己到底干了什么，他也不清楚。包括杀害朱诺姆，包括自己到底是谁。只是，不知为什么，他感到分外清爽，这辈子从未有过的清爽。

算了。我这就过来，你在那儿等着。

负责人说完挂断了电话。

乌玛索走出门卫室，停了下来，眼前的风景让他一时挪不开视线。他的内心无比满足。我守卫了这片银色的草丛，守卫了这群云雀、这片天空，还有这座毛骨悚然的建筑。

我守卫了，这个世界……

安保公司的工作人员赶来时，周围已经漆黑一片。没想到的是，一下子来了大概二十个人，每个都是生面孔。一打听，原来其中半数都是雇主管理公司的人员。更让他吃惊的是，二人的遗体被这家管理公司的工作人员用车载走了。留下来的一名安保公司工作人员对乌玛索说道：

我还以为你也会被带走呢，那你就活不过今天了。

乌玛索追上前问道：

那……工作呢？

你被解雇了。这种地方要是出了事，市民团体会很难缠。

另一名工作人员递给乌玛索一只信封，里面装着厚厚一沓钞票。

这是给你的，你拿着这笔钱消失吧，再也不准到这里来。要是敢转来转去，就连你一起灭口。把今天发生的事都忘了，听懂没。

乌玛索把拿到的信封塞进口袋，跨上自行车，匆匆忙忙离开了“流放地”。从此，他再也没有回过这里。

第十三章　临界日

爱荷尼恰弗的职业介绍所里挤满了失业者。乌玛索排了将近半天的长队，总算快到头了，他听起窗口里和失业者的交谈。

你看垃圾处理厂如何？

什么？除了这个哪样都行。

那拆卸渔船呢？

这个好，是长期的吗？

短期。

唉，也行吧。

那请填写这张纸。

很快就轮到乌玛索。

你愿意去伊纽伯雷克的垃圾处理厂吗？

就这儿吧，有劳了。

伊纽伯雷克的垃圾处理厂并不是普通的垃圾处理厂，而是用于处理二十世纪遗留的危险工业垃圾的设施。乌玛索卖掉伊璐格唯一留下的那间廉价公寓，立刻离开阿玛西姆，搬到了爱荷尼恰弗。

告别旧地时，乌玛索最后去见了一个人。这人既不是伊瑟涅特，也不是蕾邦娜，而是他曾经的同事欧普。是他在制药公司第一次当门卫时的同事，欧普·拉格特。不，说不定他真正想见的，其实是欧普的女儿。乌玛索自己也说不清动机，总之他先拜访了欧普家。欧普的女儿阿莉娅姆坐着轮椅迎接了他。

父亲已经过世了，半年前就不在了，是白血病。

阿莉娅姆似乎很欢迎乌玛索的来访，还邀他一起吃晚饭。乌玛索反正也没理由拒绝，就答应下来。

一个人日子不好过啊。

是啊，不过我已经习惯了。

工作呢？你怎么挣钱？

代理母亲。

代理母亲……

别看我身体这样，生孩子可没问题。不过我也没其他能耐了。

代理母亲很赚钱吧。

是啊。

阿莉娅姆做的饭菜很可口。乌玛索表扬了她，阿莉娅姆害羞地笑了。乌玛索告诉她自己要搬到爱荷尼恰弗了。

什么时候走?

应该就下周。

就你一个人吗?

嗯，外祖母已经死了。

差不多该告辞了，乌玛索站起身。阿莉娅姆却这样说道:

一个人留在房间里太寂寞了，你能陪我到睡着吗?

当然，小事一桩。

阿莉娅姆进了寝室，关上门准备就寝。不一会儿，房间里就没了动静。又过了三十来分钟，乌玛索心想差不多了，从沙发上站起身。他有些不放心，就打开阿莉娅姆的房门往里瞧。阿莉娅姆背对乌玛索躺着。他悄悄走进房间，偷窥起她的睡脸。可是光线太暗，看不清她的表情。乌玛索尝试着摸摸她的头，阿莉娅姆纹丝不动，看起来像是完全睡熟了。乌玛索在阿莉娅姆身边躺下来，抱住了她瘦小的肩膀。

跟你说……

阿莉娅姆突然说话了。

我有个请求……

是什么？

我想请你带我一起走，去爱荷尼恰弗。

为什么？

总觉得，想跟你走。

这样啊……我也总觉得，想带你走。

之后，二人做了爱。竭尽他们的所能，做了只有他们才能做的爱。

乌玛索离开之后，流放地始终没人接班，就这样过了好几个月。流放地失去门卫之后，最初来访的正是那群少年。被乌玛索开枪吓跑之后，他们谁都不敢再来。可是某天朱诺姆突然失踪，让少年们产生了疑虑。他们怀疑朱诺姆就在流放地的某处。据老师讲，朱诺姆因为父亲工作的关系转校了。可是对少年们来说，这是无法理解的。

朱诺姆的父亲是个农民。老婆跑了，是他一个男人把独生子拉扯大，对任性的独子或许多少有些溺爱。一天，少年们去朱诺姆家一看，已经是人去楼空，连家具也一样不剩，看起来确实像是搬走了。可是后院的塑料棚里，番茄已经挂了果。每到收成时，附近的主妇们经常被请来帮忙。这时候，恰好有几位主妇算着时间主动上门，正在塑料棚里摘番茄。主妇们也说奇怪，完全没听他说要搬家啊，难不成是趁夜跑了？有这种可能，可是光这样也没法解释啊。好几个月前，朱诺姆的爸爸不是在附近转来转去，说儿子不见了吗，那又是怎么回事？最后，少年们推导出一个假设。

在流放地的某处意味着什么？也就是说，已经成了尸体。

可是谁都没对父母或者老师说，也不可能说得出口。光是靠近那种地方，他们就会被父母、老师狠狠训斥。

想找死吗？知不知道那里污染有多严重！就像

这样。

既然如此，就只能靠他们自己找出真相。一个星期六的午后，少年们久违地造访了流放地。门前一个人都没有，周六是休息日，当然不会有人，少年们这样认为。他们哪里知道，其实这里已经连续好几个月没人看守了。少年们用带来的铁棒敲碎门卫室的玻璃，把里面弄得一片狼藉。他们还破坏了储物柜，大闹后面的仓库，拿起了其中保管的来复枪。

这不就是那家伙用的枪吗?

太棒了！这下就不怕他了！

少年们进入了设施。有野狗，拿枪的少年试着开了一枪。伴随着巨响，他被一股力量向后推去，摔了个屁股着地。还好他没准头，野狗捡了条命。

少年们在里面到处搜索，连早就认熟的尸体也不放过。其中一名少年发现了躺在床上的遗体。

喂，快来看！

少年叫来同伴。

这家伙是新来的。

这不就是那谁吗！是电水母！

没错，绝对是他！

可怜的家伙。

给他挖个坟吧。

那还不如火葬了。

少年们捡起周围的纸箱和毛巾，开始往遗体上堆。两个人去门卫室找来两只打火机，另外两个又跑一趟，从门卫室搬来了报纸和杂志。

少年们想尽办法，总算点燃了纸箱和毛巾。火一旦点着，立刻就烈焰冲天。少年们欢呼起来，可一想到里面烧着人，气氛就不一样了。他们围着火堆，或是划起十字，或是双手合十，各自为故人祈福。

大火一口气烧光纸箱和毛巾，大概五分钟就熄了。

少年们准备收拾遗骨，可是踩进灰烬一看，只有衣服被烧没了，尸体整个还在。

看来就烧这两下不够啊。

火化差不多要烧一个小时呢。

你早说啊。

那边的房子里面有铁桶。

铁桶怎么了?

里面装的应该是油吧?

用油烧吗? 是个好主意。

少年们去了仓库隔壁的建筑。建筑墙上设置着烟囱和导管,里面放着金属制的储罐,周围并排放着好些黄色铁桶。他们平时只能从窗子外面偷看,不过今天有钥匙,他们轻易打开门进入了建筑。

可是哪怕所有人一起推,铁桶都纹丝不动。没办法,只好改为把遗体搬过来。

干枯的遗体比想象中还轻,同时散发着恶臭。少年们抓着遗体的脚,一路拖着走。刚才那把火烧裂了皮肤,有果冻状的东西到处往外流。

好臭!

早知道就先搬过来再烧了。

后悔也晚了。

少年们把遗体搬到另一栋建筑,他们找了个趁手的银色储罐，正适合当火化炉。少年们也不知道储罐里装着什么，总之先把遗体扔了进去。

拿枪的少年立刻冲旁边的铁桶就是一枪。桶身破了洞，液体开始往外流，少年们用周围的水桶接起来，往储罐里的遗体上泼。

怎么闻不到油味啊，这真是油吗？

少年们也不知道要倒多少才能烧够一个小时，总之不停用水桶搬运，直到液体整个漫过遗体。

一名少年在圆筒形的容器里发现了别的液体。

这也是燃料吗？

不知道能不能点燃。

少年们把这些液体也倒进储罐。其中一人发现了写在容器上的文字。

这上面写着金字旁一个“由”。

金字旁？金字旁一个“由”是什么？

啊，说起来都忘记朱诺姆了！

我们明明是来找朱诺姆的啊。

浸泡在液体里的遗体瞬间燃烧起蓝色的火焰，少年们见到火光欢呼起来。

阿尔莫夏格尔的半径三十公里都属于禁区，为什么还会发生临界事故？这起事故的未解之谜还有很多。有些少年幸存了下来，他们中途害怕先回了家，这些孩子的证词提供了些许线索。然而，很快，他们也接连离开了人世。

第十四章　阿亚冈的阴茎

如果没有二十世纪那样的时代，恐怕就不会存在爱荷尼恰弗这种地方。这里曾是美丽的大海，填海造地之后，被运来的都是上个世纪的垃圾。

垃圾处理厂占地极广，划分为A到R的各个区域。乌玛索被分配到E区，算上监工，总共有大概三十名工作人员。新来的乌玛索跟着监工，和几个学徒一起加入了作业。

其中有个男子很眼熟，对方也认出了乌玛索，两人坐进了同一台起重机。

库斯涅克，你带着新来的。

周围的工人都笑了。监工，你糊涂了吗？库斯涅克也还是菜鸟啊。

二人默默开始工作。乌玛索才来第一天，就先坐在副驾驶席观看。起重机的前端装有强力的磁石，靠它来吊起巨大的废铁。库斯涅克双手操作着控制杆，把废铁扔进了卡车。震动和轰鸣一刻不停，操作席抖个没完。

工作了大概两个小时，库斯涅克停下手，对乌玛索说道：

你来试试看？

乌玛索换了座位，在库斯涅克的指导下操纵起控制杆。开始好几次都失败了，每次废铁都掉下来发出巨响。

完全抓稳之前别往上吊。

库斯涅克淡淡说道。

等乌玛索总算掌握窍门，可以顺利把废铁送上卡车了，又把座位让回给库斯涅克。

一上来就能做成这样很不错了，比我好多了。库斯涅克道。

哦。

这周只需要开起重机，是最轻松的工作了。下周开始要解体这堆破烂，很辛苦，基本都是手工作业。

哦。

有烟吗？

不，我没带。

哦。

你夫人……还好吗？

死了……

哦……

这天，二人再没交谈。

第二周，是在解体所拆卸巨大的机械，工作人员全都穿着防护服在操作。排放在这里的机器形状、厂商都各不相同，工作人员也不知道它们各自有什么用途，全靠专门的技术员边看手册边指导操作顺序。技术员会找出可以拆解的螺丝，用粉笔挨个做上记号，工作人员只要先把它们拧松就行。

库斯涅克在用扳手拧螺丝时，机器里猛地喷出一大股气体。

据说要是直接吸进去，当场就要丢命。

这机器到底是干吗的？

谁知道，说不定是烧洗澡水的。

乌玛索也用扳手拧起螺丝，气体扑面而来，面罩起了雾气，什么都看不见。

库斯涅克拿起脏毛巾帮他擦。

面罩要是有缝，你也升天了。哈哈哈哈。

花了整个上午，才把这台机器完全拆解了。等到下午又要开始处理另一台机器。拆好的机器被链子吊在半空，用焊接喷枪在底部开洞。随着升起的烟，黑色的液体淌下来，流进铁桶。乌玛索他们仰着头工作，免不了要被黑色的液体淋到，才几分钟，两人已经一身漆黑。

成天跟这种东西打交道可生不出小孩吧。二十世纪的人类到底怎么想的?

库斯涅克懊恼地啐了口唾沫。他忘了自己还戴着面罩，口水溅到透明罩内侧，遮住了视线。乌玛索哈哈大笑。

午休有两个小时，从十二点到两点。不过等清理完全身的污渍排到食堂，已经过去了四十分钟。换衣服不抓紧时间，去食堂就得排长队。结果还要等上二十分钟才能好不容易吃上饭。而且，两点之前就必须换好工作服回到岗位。结果总共能休息的时间还不到一个小时。迟到会挨监工的揍，累计两次就要减薪。食堂的饭菜很难吃，据说是因为这里的水被污染了，工人之间很信这种说法。有家庭的幸运儿，会在中庭吃爱妻亲手做的便当。库斯涅克午休时会独自到中庭一角，默默吃早上买好的面包和牛奶。乌玛索一开始也挤食堂，不知不觉却跟着库斯涅克一起啃起了面包。

二人的关系很奇妙，他们并没忘记曾经的过节，可是无意间彼此都避而不谈。这或许是因为，在这种近似强制收容所的地方工作，只要能有熟人，哪怕对方是仇敌，也让人安心。

一开始，二人之间很少交谈。不过在工作间隙或者午休时间，多少还是会聊起自己的境遇。库斯涅克会对乌玛索提起自己的妻子娅米拉，不过更像是自言自语。比如库斯涅克会讲他是如何结识娅米拉，又如何背着她搞外遇。讲着讲着，自己就不吭声了。

没办法，乌玛索只好聊起伊瑟涅特。可是在外人看来，和市长女儿的罗曼史似乎太过虚幻。但凡聊到这个话题，库斯涅克总是张大嘴装睡，好像在说你就别吹牛了。

没多久，二人就聊得越来越深入，已经涉及隐私。这些话自然不好午休时在中庭说，他们就开始每天下班之后去附近的露天啤酒店。

其实我很爱娅米拉，只是不知道从什么时候起，就一心想着孩子了。我并不是想要小孩，只是想拿补贴。我以为娅米拉也是，可是我错了，她是真心想要小宝宝，想要跟我的宝宝。

乌玛索也一个不小心，顺势就抖出了自己的秘密。包括他曾经是撒尿小童，伊瑟涅特为他买下克隆猪，用猪做了生殖器，结果伊瑟涅特却接受不了猪阴茎。库斯涅克笑得前俯后仰。

结果，你就被甩了吗？真不错。然后呢？

被库斯涅克一催，乌玛索连不想说的也交代了。包括在下一个工作地点被孩子们袭击，拜他们所赐猪阴茎也烂了，结果被整个切掉。一路聊着，就说到了关键的那一天，也就是两人相遇的那天。

我只是顺势接了那份兼职，都是朋友怂恿的。哪里料到会被买主扒裤子。

当时是我们不好。不过真没想到，你那模样的阴茎背后还有这种故事。人生啊实在是难预料，不听你说谁猜得到。

接着库斯涅克也详细讲了自己妻子的死。这时乌玛索才知道，原来那起诱拐婴儿案是库斯涅克他们干的。乌玛索知道犯人自杀的消息，也听说共犯的男主人被捕了。不过他并不知道，之后男主人免于起诉被释放，也更没想到犯人就是袭击他的那对夫妇。

我被放了，库斯涅克说道，所以现在才会在这里。

乌玛索也得意忘形起来，连下面这番话都说出了口。

说起来，不知道你还记不记得，阿玛西姆的街头恶魔。

记得，可别说其实就是你啊。

其实就是我。

哎呀呀，那我们俩都是名人啊。

库斯涅克说是这么说，不过看起来明显并不相信。

可是啊，现在想来，是娅米拉救了我。

库斯涅克感慨地说道。他指的是旧核电站所在地发生的临界事故。如果没有辞职搬到伊纽伯雷克，恐怕库斯涅克也会和大量市民一样，遭受核辐射吧。

其实，我就在那儿工作。乌玛索说。

那儿是哪儿？

旧电站，我是那儿的门卫。

什么时候的事？

就在来这里之前。

骗人。

是真的。

即便能逃过阿尔莫夏格尔的事故，眼下这世道就没有哪里是安全的。至少在伊纽伯雷克，有多少条命都不够用。

一天，一个名叫里欧德的男子掉进了废品间的缝隙。他在废品山里往下摔了二十来米，下面积着深水，人没有当场死亡。不过说是积水，其实都是机械山长年渗漏蓄积起来的液体。

急救队赶到现场往下扔绳索时，二十米下的里欧德已经被淹到了脖子。他大声哭叫着。

眼睛看不见！眼睛看不见了！

急救队员们好不容易才用绳索把里欧德拉上来，他从头顶到脚尖都一片漆黑。工人们急忙脱掉里欧德的衣服，结果连身体也全黑了，只有内裤还稍微剩一点白色。急救队员们对视一眼，谁都能从他们的表情看出现状有多绝望。按照急救队的指示，乌玛索他们从仓库搬来了铁桶。

闭上眼睛，耳朵也堵上。

里欧德照做了，急救队员们把桶里的液体一寸寸倒在他漆黑的身上。

哇啊啊！

里欧德惨叫起来。急救队员们边倒溶解液，边不停擦着里欧德的身体。黑色的污渍眼看着脱落，可是急救队员的毛巾把里欧德背上的皮肤也整个擦掉了。

乌玛索不由得别开脸。血开始从裸露的黄色脂肪里往外涌。里欧德被放上担架，就这么送去了医院。里欧德的事故甚至没对作业构成任何妨碍，监工立刻让工人们各就各位重新开工，仿佛什么都没发生过。据长年在这里工作的工人们说，按整个区域来计算，每周都会死一个人。

就是个概率问题。

没错没错，也有像“长老”那样的呢。

“长老”从上个世纪就已经在这里工作，却从没受过伤。

那位长老这样说道：

谁什么时候走，只有老天爷才晓得。反正想着早晚会轮到自己就行。

开什么玩笑，年轻小伙们皱起眉，还有人嚷嚷想尽快离开这种地方。

唉，别太害怕。长老说道。你们想想，人死的概率是多少？

这一问，大家瞬间陷入沉思。长老扑哧笑了。

噗哈哈，是百分之百啊。

有你这么安慰人的吗。年轻男子嘀咕道。

傍晚，里欧德咽了气。

当天晚上，乌玛索像往常一样跟库斯涅克去了露天啤酒店。这天，他第一次让阿莉娅姆和库斯涅克见了面。

这是阿莉娅姆，我老婆。不过，正确来说我们不是夫妻。三个人喝起来，第一杯祝里欧德走好，第二杯祝娅米拉瞑目，第三杯祝欧普享冥福，第四杯为了阿莉娅姆，第五杯为三人的将来。

当晚，库斯涅克问乌玛索想不想一起生活。

其实我在艾加伊姆[1]找到块便宜的土地，我想在那儿盖栋房子。

艾加伊姆？有些远啊。而且我现在的住处已经很够用了。

哎，别这么说。早晚会嫌小的。

是吗。

下个星期天，乌玛索和阿莉娅姆被库斯涅克强行带去看了土地。艾加伊姆是位于伊纽伯雷克南边的村落。杂树林中一块光秃秃的空地上，插着库斯涅克·阿拉哈冈的小牌子。

怎么，地你已经买了？

可不是。你过来一起住，我就只用还一半贷款了。

脸皮真厚，我还没决定呢。房子什么时候能修好？

加把劲大概半年之后吧。你也要帮忙。

帮忙……帮什么？

库斯涅克笑嘻嘻地看着乌玛索。

你，该不会想自己盖吧？

没错。我又没钱请人修。

你有经验吗？

没有。

乌玛索忍不住扑哧笑了。不好意思，我还是等房子盖好了再决定吧。

别这么说啊。

所以说政府机关出来的小少爷不好伺候啊，房子可不是外行人能盖的。而且在这种穷乡僻野……

乌玛索说着环顾起四周。鸟鸣声声婉转，阳光从树叶间洒下，远远还能听到小河潺潺的水声。

不赖吧，也很适合小孩子成长。库斯涅克说道。

是啊……乌玛索没别的意思。

你真这么想?

嗯。怎么说，如果有孩子，环境确实很好。

要不，我们来造孩子？三个人一起。

造什么？房子?

房子当然要造，孩子也是。

乌玛索哑然。库斯涅克满眼放光。

你在说什么?

我只是想要孩子。

别忘了只有正规夫妻才能领育儿补贴。

育儿补贴？谁管这种东西。我只是想抚养孩子。

你没毛病吧。

娅米拉拐回家的小宝宝真的好可爱，实在是可爱到我脑子都要化了。

乌玛索惊讶地瞅着库斯涅克的脸，他从没见过库斯涅克这种表情，简直就像正在恋爱。

也只是一开始可爱，乌玛索道，转眼就会长大……变成无恶不作的小鬼。

娅米拉也想要，库斯涅克说，想要得不得了。

小孩子啊……

肯定很可爱。

乌玛索被库斯涅克闪闪发光的眼神吓退了，他在空地里溜达起来。角落里有间小屋，屋顶还不及一人高，里面有什么东西在响动。

他好奇那是什么，走近一看。

是头猪。

这是干吗的？

库斯涅克为二人介绍了猪形的娅米拉，说这是亡妻的转世。然而猪形娅米拉一心只顾着挖老鼠，连看也不看他们一眼。

这是我老婆的克隆猪，我没法狠下心不管，就从医院接回来了。

三个人一起出钱，在这块土地上建起了房子。两个男人真的没请木匠，全靠自己盖了栋房子。一开始小房子惨不忍睹，后来修来修去，居然逐渐有了样子。接下来就差造孩子了。

两男一女要生孩子，简直异想天开。主动请缨的，是欧亚萨姆·伊奇洛夫。他同样受临界事故影响，搬到了伊纽伯雷克。欧亚萨姆向三人介绍了名叫“哈克贝利之卵”的受精卵，据说这种商品不能保证生得聪明，但身体绝对强壮。

阿莉娅姆成了容纳受精卵的母体。

万事顺利，乌玛索和库斯涅克看着阿莉娅姆渐渐大起来的肚子，品尝到了从未有过的幸福。可是好景不长，乌玛索的身体眼看着变糟了。他的牙龈开始出血，流鼻血也非常频繁。接着是掉头发，才半年就瘦得皮包骨头。阿莉娅姆和库斯涅克劝他去医院，乌玛

索却拒绝了。乌玛索对二人这样说道:

这是老天爷给我的惩罚。

不久，阿莉娅姆生下了三个人的孩子。这天，阿莉娅姆的羊水眼看就要破，乌玛索和库斯涅克抱着她冲进了医院。

阿莉娅姆在助产士的陪护下进了分娩室。二人坐在长椅上，库斯涅克点了烟。他用鼻子吐着烟，轻轻嘟哝道，必须要戒烟了啊。

这根烟还没抽完，就从分娩室传出了哭声。二人从长椅上跳起来。

已经生了吗?

门开了，护士在对他们招手。库斯涅克赶紧把烟扔进烟灰缸，二人战战兢兢地往分娩室里一瞅。

阿莉娅姆还在分娩台上，二人看到她光溜溜的下半身，不由得别开脸。助产士抱着婴儿，新生命正用小小的身躯号啕大哭。

是个健康的男孩子。护士说。

快看啊，多棒的小鸡鸡。助产士说。说不定将来能成种马呢。

库斯涅克探头看着这个抽抽搭搭的紫色物体。乌玛索还在门外完全不敢进来，只能像小孩子闹别扭似的远远张望。

我能抱抱他吗？库斯涅克问。

护士递给二人白大褂，交代起来。

穿上这个，去那边的洗面台把手洗了。

库斯涅克赶紧披上白大褂洗了手，接过助产士手里的婴儿。他高兴得合不拢嘴，扭头看向乌玛索。

好可爱啊。

说完他的视线回到小宝宝身上。

好像某种奇怪的生物啊。

他又看向乌玛索。

愣着干吗，快来啊。

乌玛索手里拿着白大褂，还在门边不知所措。

已经可以了吗？护士问。

再稍等一下。喂，乌玛索，快洗手！

乌玛索洗了手。

把白大褂穿上。

乌玛索穿上白大褂。

很好，过来。

乌玛索来到库斯涅克身边，提心吊胆地看向小婴儿。

很可爱吧。

乌玛索在发呆。

干吗啊，难道不可爱吗？来，你抱抱。

库斯涅克硬是把婴儿塞给乌玛索，婴儿在乌玛索怀里动了。

啊。乌玛索手足无措地看向护士。

别紧张。护士说着把乌玛索的手调整到合适的位置。

库斯涅克在一旁探过头。如何？很可爱吧？乌玛索的脖子都能感到他的鼻息。

可不可爱？

嗯。

很可爱吧？

嗯。

乌玛索终于露出了笑容。

我是爸爸哦，喂，你认得出吗，我是爸爸哦。乌玛索说。

我也是爸爸哦，喂，你认得出吗，我也是爸爸哦。库斯涅克道。

真好呢，有两个爸爸。阿莉娅姆说道。她已经下了分娩台，正要坐到轮椅上。库斯涅克吓了一跳，正要伸手扶她，专业生产士阿莉娅姆却笑着说没事没事。

这都是我生的第三个孩子了。

库斯涅克却说，可这是你第一次生自己的孩子吧？这也是你的孩子。

这话让阿莉娅姆也湿了眼眶。

喂，乌玛索，让阿莉娅姆也抱抱吧。

可是乌玛索完全对小宝宝入了迷，甚至已经挪不开视线。

我是爸爸哦，喂，我是爸爸哦……

周围人都看着乌玛索笑了。

完了，真不知他会多溺爱孩子。

库斯涅克说道。

乌玛索捏住了婴儿胯下的，那真是小小的小小的生殖器。他的手指发着抖，泪水模糊了视线。

哈哈……

乌玛索哑着嗓子。

好小的小命根啊。

阿亚冈·阿拉哈冈。

这是那孩子的名字。

而他……是我的祖父。

注：

1. 艾加伊姆（Eigaimu），反写意为“以海为家”（Umigaie）。

ONE book

监　　制：韩　寒
策 划 人：戚开源
特约策划：周　怡
出版统筹：戚开源　朱华怡
特约编辑：朱双南　陈　波
策划推广：金怡玉玲　韩　培
特约发行：宗　洁
特约印制：张春笛
封面设计：雾　室
版式设计：欧阳颖　张　季
封面插画：岩井俊二

官方网站：wufazhuce.com
官方微博：@一个App工作室　@一个图书　@亭林镇工作室

图书在版编目（CIP）数据

庭守之犬 /（日）岩井俊二著；果露怡译 . — 杭州：浙江文艺出版社，2018.3

ISBN 978-7-5339-5255-6

Ⅰ . ①庭… Ⅱ . ①岩… ②果… Ⅲ . ①长篇小说—日本—现代 Ⅳ . ① I313.45

中国版本图书馆 CIP 数据核字 (2018) 第 060773 号

著作权合同登记号　　图字：11-2018-126

责任编辑：瞿昌林

庭守之犬

[日] 岩井俊二 / 著　果露怡 / 译

出　版　浙江出版联合集团 浙江文艺出版社
网　址　www.zjwycbs.cn
印　刷　河北鹏润印刷有限公司
开　本　787mm × 1092mm　1/32
字　数　130 千字
印　张　9.25
版　次　2018 年 6 月第 1 版　2018 年 6 月第 1 次印刷
书　号　ISBN 978-7-5339-5255-6
定　价　45.00 元